我抓鬼的日子

之4 血咒重現

君子無醉—著

我抓鬼的日子

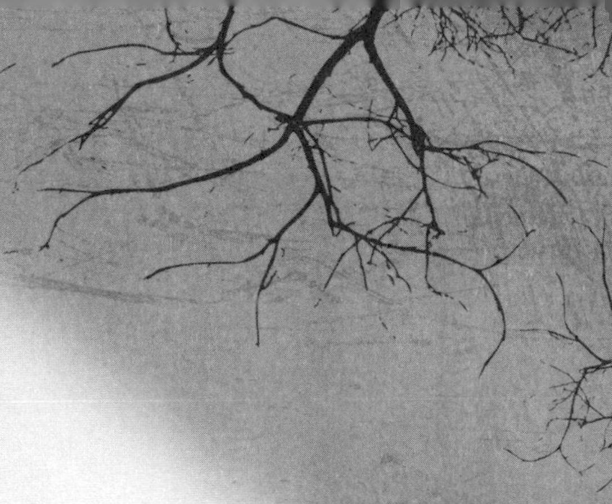

目錄

第四十一章 一物降一物 005
第四十二章 白骨萬蟲坑 027
第四十三章 瘋狂的猴子 053
第四十四章 鬼火燒魂 075
第四十五章 人皮面具 099
第四十六章 定時炸彈 121
第四十七章 逃出生天 147
第四十八章 悶香奇方 173
第四十九章 勾魂美女 199
第五十章 人鬼爭夫 227

一物降一物

黑蛇拼命扭動掙扎著，但是，牠越掙扎，髮絲纏縛得越緊。
最後，髮絲將黑蛇團團包裹起來，形成了一個巨大的黑色繭蛹。
見到這個狀況，我們才算明白過來，姥爺說的一物降一物是什麼意思。

走過拐角，我們就來到了一個非常寬闊高大的石室裏面了。石室少說也有兩個籃球場那麼大，頂部是半圓形的，石室很高，拿著手電筒都看不清頂壁。石室中央是一條貫穿前後的大路，路兩邊都堆放著沙袋。

那些沙袋有些壘成了工事，有的散放在地上，沙袋工事的旁邊，靠近路中央的地方，還擺放著很多木架子鐵絲網。那些鐵絲網上面掛滿了蜘蛛網，一看就是有年頭沒搬動過了。整個石室裏灰塵遍佈，空氣裏飄著一股腥臭味。

我們站在門口，打著手電筒四下照了一番，發現在右手方向，靠近石壁的牆根處，有一個黑色的洞口。

「那兒應該就是蓄水池。」趙山舉槍看著那個洞口，一步步地挨了過去，對鬍子說道：「火把，跟上。」

「不用了，我自己過去就行了，你還是歇歇吧，沒見過拿槍對付頭髮的，它可不吃你這一套。」鬍子撇著嘴，踏腳走到洞口旁邊。

我扶著姥爺也跟了過去，才發現那是一個長約兩米、寬約一米的涵洞。洞口上蓋著厚厚的水泥板，不過，水泥板已經有些傾斜，露出了一個三角形的、可以穿過一個人的縫隙。

鬍子拿著手電筒往裏面照了照，發現有些反光，說道：「有水。」他彎腰撿起了一塊小石子，丟進了涵洞裏。

「啪啦——」小石子落下去之後，發出了一聲清晰的落水聲。

「看來真的有水，你們等著，我去把水泥板搬開。」鬍子把手電筒和火把都遞給我，捋起袖子就去拖水泥板。

他這樣一彎腰，臉孔自然就對準了那個三角形的縫隙了。只見鬍子用力搬了兩下之後，突然定在當場，一動都不動了。接著，鬍子一點一點地、極度小心地向後挪動著腳步，然後慢慢直起身來。

就在鬍子直起身的同時，只見一顆黑色的、表皮光滑、脖子細長的腦袋，緩緩地從三角縫隙下面升了上來。那個腦袋就這麼面對面、只隔著不到半米的距離，定定地看著鬍子。

猛然看到那個腦袋，我還以為是什麼鬼怪，等我看清之後，不由得倒抽了一口涼氣。那個腦袋是一個黑色的大蛇頭！

一般來說，如果一條蛇的腦袋有人的拳頭那麼大，那麼牠至少就有三四米長、身體有碗口粗，而這個蛇頭居然長得跟人的腦袋差不多大，牠的身體到底有多長、有多粗，真的是沒法想像了。

見到這一幕，我們幾個人全都愣住了，沒有一個人敢出一口大氣。

黑乎乎的大蛇頭，伸出細長的信子，光溜溜的蛇皮上還帶著水滴，緩緩地從涵洞裏伸了出來。

鬍子從小在山裏長大，什麼怪異的動物都見過，但是乍一看到這麼大的蛇頭，他也嚇得腿肚子有些打顫了，動都不敢動，額頭上豆大的汗珠一滴滴地往下滑。

對蛇有些瞭解的人，應該都知道，蟒蛇，特別是巨蟒，在靠近獵物的時候，一開始，都是非常隱秘安靜的，但是一旦牠覺得攻擊距離合適，就會突然一口咬出，然後全身跟上，將獵物死死纏住。這一連串動作的速度之快，只能用閃電來形容。

現在鬍子距離那條大蛇不到半米，這個距離對於大蛇來說，簡直就等於沒有，只要牠願意，可以一口將鬍子的半個身體都咬住，然後在一瞬間把鬍子勒壓得骨碎肉裂。這個時候，就算鬍子真的是神仙，恐怕也很難逃脫了。

想明白這個狀況之後，我和趙山額頭上的汗珠也如流水一般往下滑。

趙山的槍頭上綁著手電筒，但他壓根兒不敢去瞄準蛇頭，因為，一旦強光照到蛇頭上，保不準那蛇瞬間就會對強光發動攻擊。而且，如果一槍打不死大蛇，惹怒了牠，我們反而要倒楣。

這時，趙山手裏的槍口很慢很慢地向蛇頭的方向移動，同時，他用眼睛拼命向我示意，那意思，當然是擔心姥爺了。

我連忙扶著姥爺，一點點地往後退。姥爺雖然眼睛看不見了，但是似乎也早就感應到情況不對了，所以一聲不吭，隨著我緩緩往後退。

等到我們已經退出四五米遠的距離，趙山這才一晃槍頭，對準蛇頭「砰——」一槍打了出去。

「嘶呀——」一條火線閃過，子彈飛射而出，沒能打中大蛇的腦袋，在牠的脖頸下方貫穿而過，打出了一個雞蛋大的血窟窿。

這條大蛇估計很久沒有出來活動了，所以，牠一開始顯得有些木訥，竟然遲遲沒有對鬍子發動攻擊。但是，現在被子彈打了個對穿之後，牠完全醒過來了。

大蛇被子彈打得一個趔趄，腦袋摔到了涵洞板上，在板上留下了一灘黑血，然後一下滑進涵洞裏去了。

「跑，快跑！」趙山不由得對鬍子大喊道。

鬍子驚醒過來，扭身就向後跑。

就在這時，只聽「咕咚——咕咚——轟隆——轟隆——」一陣陣沉悶急促的撞擊聲從涵洞裏面傳出來。那一下下沉重的撞擊，攪得涵洞裏的水花都飛濺了出來。

我們知道現在那條大蛇正在裏面掙扎，如果再過一會兒，牠一定會暴怒地衝出來，到時候，真不知道會是什麼情況。

一顆小小的子彈，對於這麼大的一條蛇來說，是不會致命的，而且蛇這種動物，即便把頭剁掉了，身體還要蠕動著抽搐半天，更不要說現在牠的腦袋還沒有被打掉。

趙山向後退了一步，一矮腰蹲了下來，平端著槍，全神貫注地瞄準了涵洞口，只等著大蛇出來，再補上幾槍。

這時，鬍子已經跑到了我身邊。我擔心趙山一個人應付不了，把姥爺往鬍子手裏一交，把手電筒和擀麵杖塞到他懷裏，轉身抽出陰魂尺，來到趙山的身側。

就在我剛剛學著趙山的樣子，蹲到地上的時候，只聽「嘩啦」一陣水花飛濺，接著就看到一條水桶一般粗大的黑蛇，猛地從涵洞裏面豎直衝了出來。

「砰砰砰砰！」

黑蛇衝出來的一瞬間，趙山毫不猶豫地一串子彈打了出去。只見一道道火蛇從他的槍口噴射而出，槍聲震耳。

沒想到的是，趙山一連開了十幾槍，但是，黑蛇的身上卻一點都沒有變化。我不由得驚疑地看了趙山一眼。

「快跑，都快跑！」趙山一咬牙，甩手丟掉槍，一拽我的手，轉身就跑。

「怎麼了?!」鬍子在遠處喊道。

「槍裏只有第一發是真子彈，其他都是空包彈！」趙山一邊拉著我沒命地往前跑，一邊大吼道。

鬍子一聽這話，頓時色變，連忙一矮身，把姥爺背了起來，轉身就向來路跑去。

我和趙山用盡全力地跑著，但是還沒跑出幾步，只覺得背後突然一陣陰風襲來，接著腥臭的氣息就撲面鑽進了鼻孔裏。

「不行，你先走，我來擋住牠！」

我知道巨蛇已經追上來了，連忙掙脫了趙山的手，轉身就把陰魂尺戳了出去。

可是，我一尺卻戳了個空，定睛一看，發現蛇身距離我居然還有足足兩米。而且那水桶一般粗大的蛇身，居然是立起來的，也就是說，雖然蛇身距離我很遠，但是，我的頭上，此時卻懸著一顆巨大的蛇頭。

我驚疑的當口，就覺得頭頂一陣腥風撲面而來，接著眼前一黑，感覺左邊肩頭好像被人一下子砍掉了一般。那個大蛇頭凌空而下，一口咬到我的左肩上了。

幸好大蛇剛才中了一槍，有些吃痛，這一口咬下之後就鬆了口，一縮頭，一陣嘶嘶叫喚，後面的蛇身沒能及時跟上來把我纏住。

我忍著劇痛，瞥眼看到大蛇的脖頸上有一個血淋淋的窟窿，不由得抬起右手，奮力地把陰魂尺捅進了窟窿裏，緊跟著用力一扭。

「撲哧——」那個血窟窿被我這麼一擰，瞬間迸出了一股黑血，全都濺到了我的臉上。

我的臉被蛇血一噴，立刻感到一陣刺痛和冰寒，同時嗅到了一股濃重的腥臭氣息，五臟六腑都翻騰起來，差點吐了出來。

我跳腳後退，想轉身逃走，卻發現左半邊身體完全沒有知覺了，結果一下子失去平衡，斜摔到了地上。

那大蛇見到我摔倒在地上，不覺又是一縮頭，大口一張，再次當面向我咬了過來。我抬頭看時，可以清晰看到那獠牙森白鋒利的大口，正在電光火石一般地向我逼近。

我躲無可躲，避無可避，情急之下，只好抬起右手，握著尺向上戳去，想和那大蛇來個魚死網破。

我知道，我如果再次戳中大蛇的話，大蛇的壽元就要被我抽得差不多了。但是，我也明白，我這一下雖然厲害，但是奈何那蛇口更厲害，牠在受到重創之前，應該也會咬住我的手臂。而一旦我的手臂被咬，估計這條手臂就要廢掉了。

就在我滿心驚恐地看著視野中越放越大的蛇嘴時，突然「砰砰砰砰」一連串震響傳來，接著，我就看到一顆子彈直接打到了大蛇的嘴巴裏，從後面鑽飛出去了。

「嘶哈——」那大蛇被打得全身抽動著，高高揚起頭部，不停晃蕩，嘴裏冒著青煙，接著上半身向後一倒，摔在地上。

見到這個狀況，我連忙單手撐地，想從地上爬起來。

「我來幫你！」趙山來到我面前，甩手扔掉了手槍，拉起我就向外跑去，一邊跑一邊怒罵道：「操他娘的，手槍裏也只有一發真子彈，我操他祖宗十八代！」

我們衝出了石室，和鬍子會合了，又向後撤退了數十米，直到後面徹底沒了聲息，我們才驚魂甫定地停下來。

「大同，你怎樣了？」鬍子這時還沒有把姥爺放下來，生怕大蛇再追上來。

「我沒事。」我咬牙單手撐著牆壁，坐下來查看傷口，發現左邊肩膀幾乎已經被咬透了，傷口的血把我身上的衣服都染紅了。

我深吸了幾口氣，強忍住鑽心的疼痛，抬頭看著趙山問道：

「現在怎麼辦？這裏還有沒有其他的路通到第二層？」

「沒有了，只有這裏能通到第二層，其他的路都是通向外面的。」趙山把背上的撬棍拎在手裏掂了掂，「沒想到這裏有這麼大的蛇，我估計那兩個人凶多吉少了。」

「嗨，我說，你們就別在這兒琢磨了，依我看，咱們現在可以出去啦。」鬍子有些不耐煩地皺起了眉頭。

「暫時還不能出去。」這時候，姥爺發話了。

「老爺子，為啥不能出去？」鬍子把姥爺放下，問道。

「我們來這裏，除了救人，還有其他任務。就算那兩個人已經凶多吉少了，咱們也不能出去。我們要做的事情，就是找到正主，然後把它清除掉，這才是我們來這裏的主要任務。」

姥爺說著話，又端起了旱煙袋。

鬍子舔舔嘴唇道：「我說的不是這個事情，我說的是，現在趙山的槍裏都沒有子彈了，沒法對付這條大蛇，所以，我覺得，咱們與其在這裏送死，不如出去補充彈藥再進來。再說，大同受傷了，得醫治一下才行。」

「我的傷沒事的，休息一下就好了。」我連忙說道。

還真不是我逞能，現在一般的傷口對我來說都沒什麼妨礙，因為我的恢復能力超強，只要休息一下，傷口就會癒合了。

鬍子咂嘴道：「就算你的傷沒事，那彈藥怎麼辦？」

「咱們本來就沒打算依靠彈藥的。」姥爺吐出了一口煙。

「那是因為我們一開始沒有預料到這裏有這麼大的怪物啊，現在既然遇到了，我覺得還是搞點彈藥來，更安全一點吧？」鬍子嘟囔道。

「這個怪物，沒有彈藥可能確實對付不了他，但是，現在牠不是已經受傷了嗎？所以，接下來的事情就好辦多了。」姥爺胸有成竹地笑道。

我們都有些疑惑，於是好奇地問姥爺道：

「怎麼就好辦了？那條蛇有多大，您老人家知道嗎？跟水桶差不多粗啊！現在牠只是被打中了兩槍而已，對牠壓根兒沒有多大傷害。咱們現在再進去，那個畜生肯定又生龍活虎了。」

「不用擔心，放心吧，聽我的，一物降一物，咱們根本就不需要動手，就在這兒等著好了，等會兒就知道結果了。」姥爺摸索著，居然背靠石壁坐了下來，神情很是悠閒。

趙山和鬍子不由得有些傻眼，對望了一眼，都擔憂地望向石洞深處。

「老人家，我覺得這裏不太安全，不適合休息，要不咱們再退一退？」趙山問道。

「不用，這兒正好，能聽到一點聲音，你們也仔細聽著。」姥爺擺擺手說道。

見姥爺這麼堅持，趙山也只好作罷，但是，他仍舊很不放心，於是就和鬍子一人一邊，嚴守著甬道。

我由於傷太重，失血有些多，腦袋有些暈，於是也無力參與他們的討論，就那麼背靠著石壁歪躺著，不多時，竟然昏昏沉沉地睡著了。

睡夢中，我還一直聽到姥爺在我旁邊「吧嗒吧嗒」地抽煙的聲音。聽著那緩慢悠閒的聲音，愈發睡得沉了，最後竟然是什麼聲音都聽不到，完全睡死過去了。

我不知道睡了多久，突然耳邊傳來一陣尖細刺耳的「嘶嘶」聲，我猛然驚醒過來。

只見姥爺盤膝坐在地上，一臉淡定的神情，鬍子和趙山則弓著腰，扶著石壁蹲著，側耳聽著動靜。

「嘶嘶嘶嘶——」

又一陣低嘶聲傳來，接著是「砰砰砰——」的低沉撞地悶響聲。

趙山和鬍子滿臉駭然，他們兩個不時回頭看著姥爺，想看看他如何解釋。姥爺卻似乎故意想要考驗他們一般，還是一臉淡然地坐著，一句話都沒說。

見到姥爺不說話，趙山和鬍子都只好咽咽唾沫，扶牆蹲了下來，沒再說話了。

可是，就在他們蹲下來之後沒多久，我卻赫然聽到那一陣陣尖厲的嘶鳴聲和那撞地的悶響聲，居然變得越來越清晰，越來越近了。

「老人家！」趙山和鬍子不由得焦急地喊了一聲，「那畜生要過來了！」

「不著急，火把還有沒有？」這時姥爺才淡定地開口。

「有，有，我這邊還有一個，我點上。」趙山連忙點了一個新的火把。

就在他正點火把的時候，又是「咕咚咕咚」一陣悶沉的震地聲傳來，接著，只見甬道的拐角處突然衝出了一條粗大的黑蛇。

黑蛇大張著嘴巴，嘶嘶低鳴著，粗大的身軀不停擰動著，尾巴亂掃，砸在地面上發出聲聲震響。

乍一看到黑蛇，鬍子嚇得一下子跳起來，大叫道：「來了，來了！」

趙山也很緊張，伸手就去拉姥爺，大喊道：「老人家，咱們快走！」

「慢。」姥爺一擺手打斷了趙山的話，「仔細看著。」

趙山和鬍子疑惑地舉起手電筒，對著黑蛇一照，赫然發現黑蛇竟然渾身上下都纏滿了黑色的髮絲。

黑色的髮絲如同蛛網一般，把黑蛇從頭到尾都纏裹起來，很多髮絲已經鑽進了黑蛇的嘴裏，更多的則往黑蛇的傷口裏鑽。

黑蛇被髮絲纏得很痛苦，拼命扭動掙扎著，但是，牠越掙扎，髮絲纏縛得越緊。最後，髮絲將黑蛇團團包裹起來，形成了一個巨大的黑色繭蛹。

黑色繭蛹上的髮絲蠕動著、抖動著，而裹面包裹的黑蛇卻再無聲息了。

見到這個狀況，我們都愣住了，這才算明白過來，姥爺說的一物降一物是什麼意思。

「蛇怎麼樣了？」姥爺問道。

「被那些陰絲裹成繭蛹了。」鬍子說道。

「好，趁牠正在吸血，上去，燒！」姥爺果斷地下達了命令。

趙山踏前一步，把火把一扔，丟到那團黑色繭蛹上面，於是瞬間「呼啦——」一陣火焰沸騰，黑絲開始猛烈地灼燒起來，冒出一股濃重的黑煙，空氣裏充斥著嗆人的焦味。

黑色繭蛹起火之後，那些拖在地上的黑絲又像上次那樣，一縮梢，拖著火，向拐角退回去。

「又他娘的跑了！」鬍子恨恨地說道。

「跑不了！」只聽姥爺一聲斷喝，接著他微微低頭，把陽魂尺抽了出來，飛身向前跑去。

「老人家，你幹什麼？」見到姥爺的舉動，趙山驚呼一聲，連忙追了上去，我和鬍子也緊跟了上去。

但是我們轉過拐角的時候，卻見姥爺已經飛身衝進了一團火花紛亂的黑絲之中了。

「唔呀——」那團黑絲的中心位置，似乎有一個圓球，由於被黑絲毛髮包裹著，也看不清是什麼。

姥爺飛身上去，就像可以清楚地看到一般，手裏的陽魂尺竟然準確地戳中了那個圓球。圓球被戳中之後，立刻冒起一股黑煙，接著就收縮了所有黑絲，把姥爺的身體包裹起來。

我們這一驚不小，當下也顧不上危險，一起衝了上去，開始去扯那些黑絲，想把姥爺救出來。

四周瀰漫著濃重的黑色煙氣，煙氣混合著嗆人的毛髮燒焦的氣味和惡臭的血腥味，直往人的鼻孔裏鑽，引得一陣陣反胃。

我們的身後是那條水桶粗的大蛇。此時，牠已經基本沒有什麼氣息了，只剩下粗大臃腫的蛇身在一灘黑色的灰燼中蠕動翻滾著。

我們都沒有去理會那半死不活的大蛇。

我們費力地扯動了半天的時間，卻發現那些黑絲毛髮竟然如同絞纏在一起的藤蔓一般，根本就很難扯開。

「你們都讓開，沒事的。」黑絲裏面傳出了姥爺的聲音。

聽到姥爺的聲音，我們不由得一愣，隨即發現姥爺的聲音非常鎮定，沒有任何異常，這才放下心來，都鬆了手。

只聽「哧——」一聲輕響，又是一股惡臭的黑氣釋放出來，緊接著，只見那些黑絲一下子鬆垮下來，開始滑脫下去，堆在地上，姥爺的身體慢慢露了出來。

這時，只見姥爺用手把身上掛著的一些黑絲撥了撥，接著，拿著陽魂尺退出了那堆黑絲毛髮，對著身側的我們虛招了一下手道：

「過來看看。」

鬍子和趙山連忙打著手電筒上前查看，我上去扶住姥爺，低聲問道：

「姥爺，你沒事吧？你剛才怎麼好像又能看到了呢？」

姥爺微微笑道：「我雖然看不見東西，但是我能看到陰陽交匯的氣息。這東西陰氣很重，所以能感應到它。它為了抓住那條大蛇，被大蛇從蓄水池裏拖了出來，不然的話，我們還真不好對付它。這東西，只要在水裏待著，我們就拿它沒辦法。一個不小心，還會被牠害了。」

我好奇地看著地上那個東西，發現那個圓球已經癟了下來，如同被放了氣的大氣球一般，軟趴趴地貼在地上，流出了一大灘黏稠惡臭的黑水。癟氣的圓球上面依舊覆蓋著厚厚的黑絲。

鬍子用擀麵杖捅了捅，皺眉道：「肉的。」

趙山喘了口氣，彎腰從小腿上把匕首拔出來，刷刷揮了幾下，先把上面纏手纏腳的黑絲切斷了，接著一刀下去，把那個東西切開了一道口子。

「哧——」那個東西被切開之後，又冒出了一股黑氣。

鬍子把擀麵杖插進切口裏，一腳踩著一邊，用力一撥拉，就把那個東西的表皮撕成了兩半，裏面包裹著的東西完全露了出來。

拿手電筒一照，我們不由得都倒抽了一口涼氣。只見一大堆漿糊一般的黑紅色、散發著惡臭氣息的血肉，如同腐爛了很久的棉絮一般，鬆散地堆積在一起，中間微微隆起，像一個饅頭。

見到那隆起的部分，趙山和鬍子對望了一眼，還是由趙山動手，用匕首從隆起的饅頭頂上切了進去。

「吱吱——」

匕首剛切入一點，刀刃似乎就碰到了堅硬的東西，發出一陣咯吱的響聲。趙山緊皺眉頭，強忍著刺鼻的惡臭，用匕首分撥著，把那堆碎肉都清理了出來。

這一次，我們終於看清楚那個東西到底是什麼了。

那個東西的頂部呈半圓形，前面是兩個黑洞洞的大孔，再往下，隱約露出了一排帶血的大板牙。

「骷髏頭？」鬍子疑惑地問了一聲。

「這只是陰體，陰魂我已經收了。」姥爺說著話，微微側頭嗅了嗅四周的氣息，「這霧的氣味有些奇怪。」

我們連忙抬頭向四周看去，這才發現，就在我們的注意力被骷髏頭吸引的時候，四周瀰漫著的黑色煙氣更加濃重了，現在黑霧已經充塞了整個甬道。用手電筒向前後照出去，已經看不到多遠的距離了。

而且，最讓人感到奇怪的是，此時那黑霧之中，除了焦味、惡臭味之外，還摻雜著一股非常怪異的氣味。

這種氣味給人的感覺很陰冷，我們滿心警覺地皺起了眉頭，互相對望了一眼，都十分疑惑。

「快看，黑蛇不見了！」

鬍子的眼睛比較尖，他拿手電筒照了照我們身後的地面，發現那裏只剩下一大堆灰燼，粗大的黑蛇居然不見了。

我們不由得又是一驚。

趙山眉頭一皺，抬腳走過去，想看看黑蛇是不是爬過拐角去了。鬍子連忙跟了過去。我忍不住好奇，扶著姥爺也往他們那邊走了兩步。

但是，就在我和姥爺剛轉身的時候，一股陰風突然從背後襲來，吹得我的身上立刻起了一層雞皮疙瘩。

「姥爺。」我連忙抓緊姥爺的手，低呼了一聲。

「不急。」姥爺反握我的手，安慰著我，緩緩地向後轉身。

我和姥爺一起轉過身去，手電筒往後面照去。

我瞇著眼睛看過去，赫然發現，黑霧之中，此時似乎滿是影影綽綽的人影。

我不覺心裏一沉，鬆開了姥爺的手，悄悄摸出了腰裏的打鬼棒。

這時候，姥爺卻是一動都不動地站著，低聲對我道：

「別急，還沒到時候，他們不會在這裏跟我們鬥的。你注意看地上。」

我連忙低頭往地上看，才發現剛才被趙山從碎肉裏剝出來的那個骷髏頭，不知道何時居然不見了。

我再次抬頭向前看去，卻見到迷茫的霧氣後面，那些隱隱晃動的人影中，似乎正站著一個乾瘦細高的白色人影。

那個人影兩眼空洞地向我看了一眼，彷彿發出了一陣冷笑，接著和那些模糊的人影一起，一點一點地隱入霧氣之中。

「姥爺，那個骷髏頭跑了。」我說道。

「沒事的，那個骷髏的陰氣已經被我收了，它們就算搬回去，也沒有什麼用了。」姥爺皺眉道，「這還只是它們的衛兵，就已經有這麼重的陰氣了，看來這是一場硬仗。大同，你可要小心提防了。」

「姥爺，你放心吧，我明白的。」

「我的意思不是這個。」姥爺咂咂嘴，似乎還想說什麼。

「你們快來看一下，這可真是奇了。」這時，鬍子的喊聲打斷了姥爺的話。

姥爺皺了皺眉頭，對我說道：「過去看看吧。」

趙山和鬍子站在拐角處，打著手電筒。地面上躺著那條死掉的大蛇。

只是，讓我們想不明白的是，大蛇的屍體居然是筆直的。

按理來說，蛇死去之前，會掙扎抽搐很久，所以死後一般都如同扭曲的樹根一般，不可能是筆直的。

「有人拽牠的頭，把牠拉直了。」

鬍子說著，走到那大蛇的頭部，仔細查看了一下，接著又拿著手電筒照了照來時的甬道，似乎是想要看看是誰躲在那邊。

「不可能，這麼大的蛇，一個人根本拖不動，就算能拖動，也不可能一點動靜都沒有。」趙山說著話，上前仔細地查看了一下那蛇屍。

「難不成是鬼拖的？」鬍子不屑地撇撇嘴，抬頭看著我說：「大同，你不是能看到鬼嗎？你剛才有沒有看到有鬼過來拖這蛇的屍體？」

我有些生氣地瞪了他一眼道：「我不仔細看，也看不到的。你以為我是專門看鬼的？再說了，鬼也沒有那麼大的力氣。」

「那到底是怎麼回事？」鬍子摸著腦袋，疑惑起來。

白骨萬蟲坑

「蠆坑就是萬蟲坑，裏面什麼毒蟲都有，據說是妲己專門用來殺人的，後來民間一些古墓裏也有用到，不過沒想到防空洞裏會有，實在是奇怪。」我解釋道，「還好這個坑不擋道，我們不管它就行了。」

就在我們正在疑惑的時候，地上的大蛇似乎又微微動了一下。我們三個人不由得都嚇得後退了一步。

突然間，這條已經死掉的大蛇，居然掙扎一下子把頭抬了起來，張開大嘴「嘶——」地噴出了一股惡臭的黑氣，之後蛇頭又一下跌回地面，不動了。

見到這個狀況，我們都傻眼了，不知道那大蛇到底是死的還是活的。

鬍子把擀麵杖舉起來，隨時準備對準蛇頭砸下去，趙山更是緊攥著匕首，滿臉緊張的神情，直愣愣地看著大蛇，生怕牠再發動襲擊。

不過，我們防備了半天之後，大蛇卻沒有動靜了。

就在我們納悶的時候，只見一股股白氣從蛇身上冒出來，接著就看到臃腫肥壯的蛇身一點點地收縮乾癟下去，最後竟然變成了蛇乾。

我們這才確定牠已經死了，大著膽子上去仔細看。

「這是怎麼回事？一點水分都沒有，血肉也沒有了，硬梆梆的。」鬍子用擀麵杖捅了捅乾癟的蛇屍，滿心的好奇。

趙山皺著眉頭蹲下身，用匕首沿著蛇皮的一個骨節位置，橫向切開了一道口子，左右翻開，這才現出了裏面的情況。

我們定睛往裏面一看，不由得都皺起了眉頭。

此時蛇皮裏面填塞的東西，不是骨頭血肉，卻都是黑色的毛髮。

我們對望一眼，不約而同地點了點頭，再次點起一個火把，伸到切口位置去燒那團黑色的毛髮。

「劈啪啪——」蛇屍很乾燥，而且毛髮又易燃，於是整條大蛇呼啦啦一下子著了起來，儼然一條火龍。

我們退到火光烤不到的地方，靜靜地看著那不知道已經活了多少年月的大蛇在火光中漸漸化為灰燼，心裏多少有些失落。

我趁著大蛇燃燒的當口，把剛才的情況跟姥爺說了。

姥爺點點頭道：「這就對了，那些陰絲被火燒著了，無處藏身，於是就全部都鑽進了大蛇體內，殊不知卻因此把那條蛇鑽騰得千瘡百孔，如同天然的炭球一般，一燒即著。剛才那把火，大蛇應該已經被燒得差不多熟透了。蛇肉被燒得發硬變乾，蛇身自然就變直了。」

我們的疑惑總算解開了，但是也對接下來的路程感到擔憂。

姥爺笑道：「不要耽誤時間了，繼續前進吧，你們兩個小子好好學著，這可是我最後一次出手了，以後，你們就只能靠自己了。」

我們連忙點頭答應，一起扶著姥爺，繼續向甬道深處走去。

趙山這時候沒槍了，就一手拿著手電筒，一手倒攥著匕首跟著。我們又來到了那個空曠的石室。

石室之中黑霧瀰漫，一片陰沉，冷風嗖嗖，氣氛很詭異。石室的中間，趙山的步槍和手槍都還在地上，我們不由得皺了皺眉頭。

「放心吧，沒槍也不礙事的，有匕首也一樣。」趙山知道我們在擔心什麼，安慰道。

聽到趙山的話，我們也只好點了點頭，然後繼續往前走。

我們走出了石室，來到一個升降機面前。

升降機是通往第二層的，由於年久失修，很久沒使用過，也沒人保養過，上面的木頭都已經有些腐朽了。

最要命的是，那升降機的結構極為簡陋，就是一塊木板，四根粗繩子吊著四個角，繩子連接在一個由鋼架子支撐著的滑輪上。

繩子的另外一頭原本應該是由柴油機或者是電動機之類的機器帶動的，但是後來部隊撤離的時候帶走了機器，只留下了一個大石墩，所以，那繩子另外一頭就繫在了石墩上面的一個鐵環上了。

鬍子上前伸腳蹬了蹬那塊木板，又伸手拽了拽吊著木板的粗繩子，這才轉身說道：「木板倒是結實的，只是麻繩不知道還能不能撐得住，估計有點危險。」

趙山上前查看了一下，語氣堅定地說：

「這不是普通的麻繩，是混合了牛筋的纜繩，非常結實的，應該沒有問題，我們可以從這裏下去。」

趙山走到石墩旁，把繫在上面的繩子解下來，拉了拉升降梯，發現並不是很重，便對鬍子說道：

「你過來，跟我一起拽著，先把方曉和老人家放下去，再把你放下去，我最後爬下去，第一層到第二層不到五米，直接跳下去也沒事的。」

鬍子點點頭，走過去，和他一起拉著繩子，同時對我道：

「大同，你和老爺子先下去，別擔心，我馬上就來。」

我和姥爺一起站到了升降機上。他們兩個見到我們站穩之後，一起緩緩鬆了繩子，把我們放到了二層。

我扶著姥爺走下升降機，看看四周，發現這也是一個石頭甬道，只是寬度比上面窄了一些，並沒有什麼異常情況。我對上面喊了一聲，鬍子就把升降機拉上去了。

沒過多久，升降機又放了下來，鬍子拄著擀麵杖坐在上面，很悠閒。

他見我在看他，伸頭對我笑了一下，張嘴想要說什麼。

就在他剛張嘴想說話的當口，上面突然「咕咚——」一聲悶響，接著，升降機的繩子猛地一鬆，鬍子連同升降機的木板一起跌了下來。

「啪嗒——」

「撲通——」

接連兩聲沉重的悶響，鬍子重重地砸到地上，掀起了一陣煙塵。

幸好他掉下來的時候，距離地面只有不到兩米了，所以沒有摔得太重。

「你幹什麼？公報私仇啊?!」鬍子跌到地上之後，翻身跳起來，扯著嗓子對上面大吼起來。

可是，讓他沒有想到的是，就在這時，只見那連在升降機木板上的那根繩子，卻是「唰啦啦」一陣滑動，全部滑落了下來，如同一條長蟲一般盤在木板上。

「你幹啥呢？」鬍子疑惑地對上面喊道。

可是，這時上面卻非但沒有傳來趙山的回應聲，反而傳來了一陣悶沉的撞地聲以及劇烈的喘息聲。

「呼呼——」

「嘿——」

「刺啦──」

「劈啪，劈劈啪啪──」

一連串打鬥的聲音從上面傳來。

我們不由得一驚。

就連姥爺也一把抓住我的手臂道：「快想辦法上去！」我連忙來到升降通道底下，打開手電筒向上照去。

我對鬍子道：「快，想辦法上去看看，他肯定遇到意外情況了。」

「這通道是豎直的，這麼高，也沒個可以抓爬的地方，咱們又不是壁虎，這可怎麼上去？」鬍子也有些急了，跺著腳抬頭往上看。

這時，突然一聲悶哼聲從上面傳來，接著只見上面光影一晃，趙山的手電筒光消失了，上面也沒有了聲息。

「趙山，你怎麼樣了？遇到什麼東西了？你他娘的，倒是說句話啊！」鬍子急得大叫起來。

「噓──」我連忙拉住他，讓他噤聲，靠近他耳邊低聲道：「人牆。」

鬍子立刻會意，連忙扶著牆壁蹲下來。

我把手電筒按滅，插在腰裏，接著扶著牆壁，踩到了鬍子的肩膀上，鬍子扛著我站了起來。

我趴在石壁上，抬眼看著上邊的甬道邊角，發現我們兩個都站直之後，還有一米多的距離。我只好奮力拼一把了，於是踩著鬍子的肩膀用力一跳，伸手去搆那石壁的上緣。

不過，讓我鬱悶的是，由於我當時身上負重太多，而且是踩著鬍子的肩膀，彈跳的力量也不足，所以，這麼一跳居然沒能搆到石壁的上緣。

「啪——」

我的手很無奈地在那石壁上拍了一下，接著就一路向著第二層滑下去了。

「噗通——」一聲悶響，我直接跌到了那升降機的木板上。

幸好木板上面堆著很多麻繩，起到了緩衝作用，所以我這一跤倒是跌得並不是很重。

「你怎麼樣了？」鬍子轉身把我拉起來，滿臉關切地問道。

「我沒事。」我撣了撣身上的灰塵，有些為難地抬頭看著上面，「看來一時半會兒是上不去了。」

「管他呢，他是來給我們幫忙的，現在自己出了事情，我們繼續幹自己的事情，別去管他了。」鬍子拍拍手，對我說道。

愧。

「姥爺，咱們現在怎麼辦？」我轉頭問道。

姥爺沉吟道：「聽鬍子的，咱們繼續前進。」

我和鬍子一起走了出來，扶著姥爺，沿著甬道繼續向前走去。

我和鬍子一邊走，還一邊回頭去看那升降機的豎井通道，心裏多少都有些慚

我們向前走了沒多久，甬道就拐彎了。拐進去又向前走了幾分鐘，只覺一陣冷風迎面吹來，同時鼻子聞到一股濃重的陳腐氣味。

沒多時，我們又走進了一個空曠的地下石室。

這一個石室，比第一層的那個更加寬闊巨大，卻非常崎嶇不平，牆角和地面上都是碎亂的石頭。

我和鬍子站在石室入口，打著手電筒四下照了照，發現石室的地面上有用大石頭構築的許多掩體工事，不由得有些疑惑。

「看樣子，他們還在這裏打過仗。」鬍子沉吟著說道。

我雖然沒有說話，但是心裏也和鬍子所想的差不多。

我讓鬍子扶著姥爺，自己先走進去四下查看了一下。發現那些掩體工事的後

面，有很多破爛的衣物棉絮，甚至還有一些白骨。

看到這些，我心裏不覺更加疑惑了起來。

這裏顯然曾經發生過一場激戰，這些掩體是那些負責守衛這個石室的人修建的，他們遭到了敵人的進攻。他們應該是靠著這些掩體工事對敵人進行阻擊，不過，最後的結果，似乎還是以失敗告終了。

到底是什麼人，居然能夠到第二層來和我們的部隊打仗呢？

我不知不覺地沿著石室的牆根，一路向前走了四五十米。

這時，我猛然聞到一股濃重的腐爛臭氣，連忙抬起手電筒往前面一照，立時驚得愣在原地。

此時我的面前，是一個和第一層石室構造差不多的涵洞，只是涵洞的開口更大，而且沒有蓋子，所以裏面的情況看得一清二楚。涵洞裏居然堆滿了白骨。

我們進來之後一直聞到的腐臭氣味，就是從這裏傳出來的。

白骨上面爬滿了黑色蟲子，蟑螂、老鼠、蠍子、蜈蚣等一大堆，鼓鼓囊囊的，幾乎把涵洞都填滿了。

「你們快來！」我連忙大喊一聲。

「嗯，這裏有蠆坑，你們兩個要小心了。」姥爺一邊走，一邊嗅著空氣中的氣味，提醒了一句。

鬍子聽了沒什麼反應，我卻是以最快的速度，跳腳離開了涵洞，對鬍子一擺手道：「別過來，蠆坑就在我前面，小心驚動了那些蟲子。」

「什麼蠆坑？」鬍子扶著姥爺停下，疑惑地問道。

「蠆坑就是萬蟲坑，裏面什麼毒蟲都有，據說是妲己專門用來殺人的，後來民間一些古墓裏也有用到，不過沒想到防空洞裏會有，實在是奇怪。」我解釋道，「還好這個坑不擋道，我們不管它就行了。」

我正說著話，一陣「嘁嘁喳喳」的聲響從蠆坑裏傳了出來。我連忙抬起手電筒照過去，赫然看到蠆坑的中間，立著一個黑色的人影！

鬍子噎了半天才說道：「這是人還是鬼？」

「是人。」姥爺說道。

我們都是一愣。

「不過已經死了，沒有生氣。」姥爺嘆了一口氣，「應該是失蹤的人之一，你們過去看看，他身上穿的是不是軍裝。」

我走近了一點，發現那個人身上果然穿著軍裝。

姥爺說道：「繼續前進，一定要找到禍根。」

「那這個人怎麼辦？」鬍子有些不忍心地問道。

「不管他，已經不中用了，救他反而耽誤我們的時間。」姥爺說道。

「可是他怎麼會出現在這裏？他又是怎麼掉到這個坑裏的？難不成真的是鬼搬來的？」鬍子疑惑地問道。

「鬼可沒有手，搬不動人，人之所以被鬼上身，是因為他們心裏有鬼。」姥爺沉吟道，「你們兩個喝過仙酒，陽氣盛，很難被鬼上身，但是心性不定的話，也難保不會被迷惑。大同，你容易出事，所以，你一定要小心一點。我一路仔細聽過來，禍根應該在第四層。到時候，咱們要合力才能清除它。」

我不由得滿心慚愧，點頭稱是。

我們來到了距離石室底部不遠的地方。這時，只覺得背後一陣陰風吹來，接著聽到空氣裏傳來一陣「窸窸窣窣」的響聲。

聽到那響聲，我和鬍子同時回頭拿著手電筒一照，不覺都是一陣頭皮發麻，一聲大叫了出來。

「姥爺，那些蟲子出來了，還有那個人！」

我看到身後的地面和空中，瀰漫著一大片黑色的毒蟲影子，連聲大呼道。

「怕什麼，你不是有陰魂尺嗎？」姥爺不以為然道。

「這把尺對付不了那麼多蟲子，咱們還是趕緊向前跑吧，螞蟻啃大象，等下我們被這些毒蟲包圍就麻煩了。」鬍子焦急地說道。

「不急，大同，陰魂尺是鎮派之寶，是可以剋殺一切生靈的法器。你平日裏只知道拿這把尺捅人，以為捏尺量命很厲害，卻不知道這把尺真正厲害的地方在於它強大的氣場。這個氣場隨心所欲，可弱可強，全由心生。這把尺的珍貴之處，也就在這裏。不然，你以為玄陰子他們為什麼一直要來搶奪？這把尺要是到了玄陰子手裏，單是那股森寒的陰氣，就可以壓得人喘不過氣來，全身僵硬。」

姥爺說著話，摸索著抓住我握著陰魂尺的手腕，向上一抬道：

「心裏底氣足，手上氣場強，你要記緊了！」

聽到姥爺的話，我一愣，看著氣勢洶洶的毒蟲群，還是全身驚悚。

我想拖著姥爺逃走，卻不想姥爺拿煙斗狠命地在我腦袋上敲了一下道：

「不要動，沒吃痛，不知道橫，你小子給我站穩了，咬死也不准走。我早就覺察到蠆坑裏的陰氣了，他們這是故意讓我們走到裏面來，然後從背後堵住我們，讓我們沒有退路。我們現在就算逃過了，等下想回來也不可能了，你明白嗎？你們都給我記住了，以後遇到任何困難，都要勇敢面對，逃避就是懦夫！」

「老爺子，已經到身上了！」鬍子大叫道。

一陣陣嗡嗡聲傳入耳中，我只覺得頭上一片雨點般的東西落了下來，接著，全身到處都感到被叮咬的刺痛。

「呀——」我被咬得全身一陣抽搐，不禁怒吼一聲，掙脫了姥爺的手，揮舞著陰魂尺，瘋狂地劈掃拍打起來。

但是，那些毒蟲實在是太多了，而且源源不斷地撲來，所以，雖然我奮力拍打，身上落下的毒蟲卻越來越多。最後，那些毒蟲把我全身上下都包裹起來，我變成一個蟲人了。

我咬著牙，奮力揮舞著手裏的陰魂尺，視線卻越來越模糊，眼睛開始流淚，伸手一把抹掉臉上的毒蟲，這才發現臉已經腫得像饅頭一樣了，手指也腫得直蹦蹦的，沒法彎曲了。

我回頭一看，姥爺和鬍子也已經被那些毒蟲包起來了。姥爺盤膝坐在地上，一動都不動，鬍子卻滿地打滾，號啕大叫，一邊叫還一邊掙扎著伸手去拖姥爺，想把他拉走。

見到這個狀況，我感覺全身的毛髮都炸開了，不由得凶厲地大叫一聲，握緊陰魂尺向鬍子和姥爺的方向揮舞過去。

這麼一揮之下，我突然感到手心一涼，似乎有一股冷氣從陰魂尺裏透進手心，傳遍了全身，讓我一瞬間冷靜了下來。

不要怕，不要緊張，方大同，你能做到的！

我心裏一震，連忙緊閉眼睛，靜心去感受陰魂尺裏所蘊含的意念，似乎聽到一個聲音正在對我說話，一個飄忽的人影正站在我的身後。我猛然睜開眼睛，大喝一聲，再次奮力抬起陰魂尺向前揮去。

這一次，隨著陰魂尺揮出，只見陰魂尺周圍似乎隱隱有一股狂暴的冷風吹起，如秋風掃落葉一般，把那些毒蟲都掃落在地。

「呼呼呼——」

我連續揮舞數十下，每一下都掃掉一大片毒蟲，終於把姥爺和鬍子身上的毒蟲都清理掉了。我這才看向自己的身上，發現居然一個毒蟲都沒有了。

我再看看四周的地面，落滿了毒蟲的屍體，如同穀粒一般，在地上堆了厚厚的一層。

我顧不得全身的疼痛，抬眼看向遠處那些逡巡不敢前進的毒蟲冷笑一聲，揮舞著陰魂尺衝過去一陣狂掃亂打，一下子又掃倒了一大片。

就在我奮力揮尺掃除毒蟲的時候，一個黑色的人影，全身都包裹在毒蟲之中，正站在蠆坑邊上冷冷地看著我。我瞇眼看去，發現那個人影全身籠罩著濃重的黑氣。

那個人影一步一癲地向我撲了過來。我已經感受到森寒的氣息了，連忙向後一跳，從腰裏把打鬼棒抽了出來。

左手打鬼棒，右手陰魂尺，我再次衝了上去，先是陰魂尺掃出，把那些覆蓋在人影身上的毒蟲都掃掉了，接著抬起左手，對準那個人影的頭部，一棒子砸下去。

沒想到，那個人影突然一矮身，躲過了我的棒子，接著向側面一撲，竟然背著一身癩皮疙瘩一樣的毒蟲，如同蜥蜴一般四腳蹬地，向我身後的鬍子爬過去了。

這時候，鬍子被那些毒蟲咬得全身浮腫，正一邊喘著粗氣，一邊彎腰費力地去拖姥爺，擀麵杖也不知道丟到哪裡去了。

「鬍子，小心！」

我回頭一看，那鬼東西居然向鬍子衝過去了，連忙一聲大喊。

鬍子一愣，抬頭一看那鬼東西，不覺驚得全身一震，連忙在地上的毒蟲堆裏找擀麵杖，摸了半天卻沒摸著。

他這一耽誤，那個鬼東西就飛撲到他身上去了。

「唔——」鬍子一聲悶哼，被那鬼東西撲倒，鋼盔也掉在了地上，然後兩個人一起滾進毒蟲堆，翻打踢騰起來。

我連忙飛身跳過去，拿著打鬼棒，也不管地上是誰，就是一陣「砰砰砰」亂打！

一陣亂打之後，一個人影霍地從毒蟲堆裏站了起來，直愣愣地看著我。

我定睛一看，卻發現那個人是鬍子。

這傢伙此時全身浮腫，臉皮肥胖，咬著牙看著我，愣了半天沒說話，最後卻是突然全身一軟，倒在地上了。

我伸手把他拖過來一看，這才發現他後腦上有好大一塊血痕。我不由得一陣自責，也變得無比憤怒。

我把鬍子往身後一拽，飛身過去，追著那個在地上到處亂爬亂竄、如同土蜥蜴一般的鬼東西，想一刀將他斬成兩截。

那個鬼東西被我追急了，一躥身，居然爬到了石壁上，接著一溜飛躥，竟然向雕塑一般坐著的姥爺衝了過去。

見到這個情形，我真的急怒到了極點，一狠心，飛手把打鬼棒擲了出去，正砸到了那鬼東西的背上。

「啪——」那個鬼東西被我的打鬼棒砸中了，全身一抽，從牆上掉了下來，正落在姥爺腳邊。

此時，卻見姥爺突然出手如電，抽出了陽魂尺，順手向旁邊一戳，正戳中了那鬼東西的腦袋。

「哧哧——」鬼東西立刻冒出了一股惡臭的黑氣，接著全身一陣劇烈的抽搐，然後沒了聲息，死挺在地上了。

我餘怒未消，抄手摸起鬍子丟在地上的擀麵杖，走上前去，雙手掄起來，對著那個鬼東西一通瘋狂亂打。

「不要打了，給他留個全屍，以後他們的人要來給他收屍的。」姥爺出聲阻止了我。

我這才停了下來，拿起地上的手電筒，照了一下屍體。這個人已經面目全非了，全身沒有一處好皮膚，身上很多地方甚至被毒蟲啃得露出了森森白骨。

我不由得對他產生了一絲同情，心裏的火氣消了一點，用擀麵杖將他掀翻到一邊，這才回頭來查看姥爺的情況。

姥爺剛才被那些毒蟲襲咬了，全身也滿是腫包。不過，姥爺卻出奇地堅強，居然一聲都沒吭，依舊是一臉淡然。我不由得暗暗佩服姥爺的心性，能夠在這種狀態下還保持鎮定。

「姥爺，你沒事吧？」我小心地把姥爺攙扶起來，關切地問道。

「沒事，一點都不疼。」姥爺呵呵笑道。

聽到姥爺的話，我還以為他在開玩笑，於是就沒再說話，將他先放開，過去查看鬍子的情況。

鬍子這時已經昏厥過去了，我把他背到背上，扶著姥爺，向前走去。走到一處比較乾淨的石地上，才把鬍子放下來，仔細查看他的傷勢。

我發現鬍子除了身上被毒蟲叮咬的地方之外，就是後腦勺的那個傷口比較重。那個傷口是我砸出來的，我知道這個傷不會很嚴重，這才鬆了一口氣，把他放平了，讓他躺在地上休息。

姥爺這時端起旱煙袋，蹲在地上「吧嗒吧嗒」地抽了起來。

「這個病，原來還有這個好處。」姥爺抽著旱煙袋，悠悠地說道。

「啥好處？」我愣了。

「受傷不疼。」姥爺嘿嘿笑道。

「真的不疼？」我有些驚愕地從地上站起來，「我還以為你是開玩笑呢。」

「是真的不疼。」

姥爺說道：「你想想，我每個月發作一次崩血那麼厲害的病症都不疼，現在這些小小的傷口，還會疼嗎？這就是這個病的好處啊。」

姥爺說著，自我安慰地笑了起來，我心裏卻沉甸甸的，對姥爺說道：

「姥爺，你放心吧，我一定會想辦法幫你解除那個詛咒的。」

「不必了，我也活夠本啦，就是現在走了，也沒有什麼遺憾。」姥爺岔開話題道，「小黑怎樣了？」

「沒有大礙，中毒倒是不會，就是後腦勺被我砸了一棍，暈掉了。」我有些自責地說。

「嘿嘿，你這小子發起怒來就是這個樣子，有些瘋勁，平時倒是挺冷靜的。你這性子有些極端，以後可要注意了，不能老是這麼著，你要是一直這個樣子的話，這把陽魂尺我要帶到墳墓裏面去了。」

姥爺皺眉說道，起身長出了一口氣：

「你把小黑背上吧，咱們繼續往前走，時間有限，不能再耽擱了，早點走完這一趟，早點結束，我也早點輕鬆。」

聽到姥爺的話，我連忙把鬍子背起來，和姥爺一起向前走去。

雖然鬍子昏迷了，我和姥爺也都被毒蟲咬得全身浮腫，但是，在姥爺的催促下，我們依舊是強行向前行進著。

這段時間裏，鬍子一直由我背著，姥爺一手端著煙袋，一手捏著陽魂尺，跟在我的旁邊。幸好我體力好，居然也一路撐了下來。

說起來很幸運，這一路居然沒再遇到什麼意外。

我們走進了一條很狹窄的甬道。

甬道微微向下傾斜，越走越逼仄，頂壁往下滴著水，四周的石壁上則是連片陰濕的痕跡。甬道兩邊沒有什麼小門開著，這讓我心裏多少安穩了一些。

就這樣往前走了大約數百米的距離，中間連續拐了好幾個彎，最後，我們來到了甬道最底端，就走不了了。

因為，那甬道在這一段，從頂上裂開了一條巨大的縫隙，縫隙從我們頭上一直往前延伸，最後居然是像天裂一般，在頭上透出了一個黑乎乎的大裂口。

最奇怪的是，大裂口裏面居然還掉了許多石塊下來。

小一點的石塊就堆在甬道的地面上，最底端則是一塊倒水滴形狀的巨大尖石頭，從縫隙裏面如同一條大舌頭一般伸了出來，抵插在甬道裏，把道路給堵死了。

見到那擋路的巨石，我只好停下腳步，把鬍子靠著石壁放下來，然後自己打著手電筒上去查看情況。

姥爺抽著旱煙袋，微微豎著耳朵，似乎在聽著什麼。

我打著手電筒走到了倒插的大石頭前面，先看了看那大石頭，發現那大石頭濕漉漉的，頂上的縫隙裏面正在往下滴水。大石頭與石壁之間，兩邊只有不到半尺的縫隙，人很難穿過去。

再看頂上，則是一條大裂縫夾著巨石。

這時候，我唯一能指望的就是，巨石夾在裂縫裏面的部分是斷開的，這樣一來，就有通道可以通到巨石的後面去了。

突然一陣陰風從巨石兩邊的縫隙裏吹了出來，接著，我就聞到空氣裏飄起了一股血腥的氣息。

我連忙後退幾步，到姥爺的身邊，將姥爺護在身後，這才把情況說給姥爺聽。

姥爺咂咂嘴道：

「既然這段甬道只有兩三米高，那你就爬到石頭上面的縫隙裏看看，要是能過去的話，咱們再商議。」

我點了點頭，來到大石頭前面，搬了幾塊小石塊，壘成了墊腳的臺階，接著站到了臺階上，往石頭上面的縫隙裏察看著。

就在我晃著手電筒往上照的時候，卻不想突然「啪啪」兩滴水從縫隙漏下來，正好滴在我的臉上。

我臉上一涼，抬手一擦，然後繼續去看，誰知剛抬頭，又有兩滴水滴在我的額頭上，同時有一股血腥味撲鼻襲來。

我連忙從臺階上退下來，抬手又擦了擦額頭的水滴，然後下意識地拿手電筒去照濕了的左手，上面沾著的是新鮮的血跡！

乍一看到這個場景，我心裏一沉，仰頭向上照去，卻赫然看到在我頭頂上的石頭縫隙裏面，竟然夾著一個人臉。

那張臉蒼白如紙，雙目暴突，嘴唇鐵青，趴在那裏向下看著，似乎正在盯著我。

「啪嗒——」

又一滴血水從那張臉的脖頸處滴了下來。

我又後退了一步，才發現那張臉是夾在石縫裏面的，前後都有石板卡著，所以我看不到那人臉的身體在哪裡。

我先是一驚，隨即想到這洞裏還有第三個失蹤的士兵，不由得心裏一動，回到姥爺旁邊，把情況說明了。然後我把工兵鏟抽出來，重新站到那堆石頭上，抬頭去捅人臉附近的石板，試試看能不能撬得動。

沒想到，我用工兵鏟捅了石板之後，那張人臉居然一晃，縮到石板後面去了。

我渾身一抖，後退一步，對上面喊道：

「喂，上面是誰？還活著嗎？」

我一連喊了好幾聲，都沒有回答，只聽到上面傳出一陣嘰裏咕咚的聲響。

我還以為是那個人正在掙扎，於是焦急地把手電筒斜插在地上，讓手電筒光芒正照著石縫，然後兩手舉著工兵鏟，狠命地鏟那些卡在縫隙裏的石板。

「喀喀喀——」我瞇著眼睛，一連鏟了十幾下，只聽「嘩啦啦」一通悶響，縫隙裏面卡著的碎石板一下子都掉了下來，好幾塊砸到了我的頭上。

我反應很快，抽身及時，而且頭上還戴著鋼盔，所以沒有被砸傷。倒是手電筒被砸中了，「啪嗒——」一聲脆響，滅掉了，整個甬道立時陷入了伸手不見五指的黑暗。

我呆愣愣地站了幾秒鐘，才對姥爺說道：「姥爺，手電筒被砸壞了，你再開一個。」

「沒事，你等著。」

姥爺摸索了一下，不多時，「啪嗒——」一響，一束亮光照來。

我連忙上去接過來，又來到巨石前面查看，卻發現地上剛剛掉落下來的碎石堆裏，有一個黑乎乎像圓球一般的東西。

我仔細一看，那居然是一顆人頭！

那顆人頭的後腦勺對著我，所以我把它看成一個黑毛球了。

我心裏一凜，下意識地用工兵鏟去撥弄了人頭一下，想看看正面是什麼樣子。

這時，頭上一陣「撲啦啦」的急速聲響，我就感覺一股氣流從面前襲過，定睛一看，原來是一隻全身狸花色的巨大貓頭鷹，從上面的石縫裏飛衝了下來。

因為進洞不久，我就被這鬼東西暗算過，而且現在我手裏沒有拿著陰魂尺，所以，我下意識地向後退一步，舉起了工兵鏟，隨時準備揮舞出去，給牠來個致命一擊。

沒想到，那隻貓頭鷹竟然不理會我的存在，反而「撲啦啦」地落到了人頭上面，接著用兩隻粗壯的爪子一抓，竟然抓著人頭飛了起來。

瘋狂的猴子

「唧呀——」只聽一聲尖叫，
一個黑色的精瘦影子突然一躥，閃到旁邊去了。
我一腳踹空，連忙舉起手電筒追著黑影一看，
這才發現那是一隻和成年人差不多高、精瘦佝僂、
渾身泥漿的黑毛長尾猴子。

「撲啦啦——」

那顆人頭少說也有幾斤重，所以，貓頭鷹自然飛不高，也飛不快，於是，這東西飛過我頭頂的時候，那顆人頭血肉滴拉的脖頸，幾乎貼著我的腦袋滑了過去。

本來我可以當頭給貓頭鷹來那麼一下子，把牠砸下來的，可是誰知牠抓著的那顆人頭，居然從升空開始，就一直睜著暴突的眼珠，咧著鐵青的嘴，直愣愣地看著我。

我還是第一次見到這樣有表情的人頭，竟然被嚇愣了，手裏的動作自然慢了半拍，於是就把貓頭鷹和人頭都放過去了。

人頭懸在空中的時候，還在不停地往下滴血，我的臉上又被滴了一滴。

「啪——」

我被血滴的冰涼一震，醒悟了過來，連忙抬起手裏的工兵鏟，「呼——」一下向貓頭鷹砸過去。

「咕啊——」沒想到那個鬼東西居然像是長了後眼一般，就在工兵鏟馬上就要砸到牠的背上時，貓頭鷹竟然丟下了人頭，接著一個俯衝躲過了鏟子，然後拍著翅膀向外面飛去。

就在我眼睜睜看著貓頭鷹飛過姥爺的頭頂，馬上就要衝進黑暗之中時，貓頭鷹突然「咕唧——」一聲尖叫，翅膀一翻，掉到了地上。

我定睛一看，這才發現姥爺微抬著右手，手裏的煙斗上微微閃著紅光。姥爺居然用煙斗把貓頭鷹打下來了。

我立刻跑過去撿起鏟子，一鏟砍到貓頭鷹的背上，又猛打幾下，把這個鬼東西砸了個透死，這才對姥爺說道：「這個鬼東西剛才想把那顆人頭叼走。剛才我看到的那張臉，原來只有一個頭，並不是屍體。」

姥爺點頭道：「陰靈凶厲，這倒是正常的。」

姥爺又問道，「你找到路沒有？」

我讓姥爺等一下，轉身又爬上那堆碎石，伸手扒著大石頭往上面爬，上半身伸進上面的縫隙裏，拿著手電筒往裏面照，發現大石頭頂上並不是很寬，只有兩三米寬，上面確實有道路可以通到對面去。

我連忙回來和姥爺說了。姥爺點頭沉吟道：

「把背包帶解了，連在一起，一頭繫在你腰上，你先爬過去，另外一頭我攥著，我順著繩子爬過去。」

「那鬍子怎麼辦呢？」我問道。

姥爺皺眉想了一下說：「我估計他也快醒了，我們就先在這裏打尖，吃一點東西，你給鬍子餵點水，看看能不能把他弄醒。」

於是我先扶著姥爺坐下來，把手電筒卡在石壁上，卸下背包，找了一塊氈布出來，把鬍子拖過來，讓他半躺上去。

把鬍子安頓好了之後，我喘了一口粗氣，也背靠著石壁坐了下來，掏出水壺猛灌了一氣，頓時感覺全身舒爽，渾身每根毛孔似乎都張開了。

喝完水之後，我看到姥爺盤膝坐著，抽著旱煙，沒有喝水，也沒有吃東西，才想起來姥爺進來的時候，為了減輕負重，並沒有帶著這些東西，連忙把水壺遞到姥爺的手裏：「姥爺，你喝，我給你拿餅。」

姥爺把煙斗收了起來，開始喝水吃東西。我這才拿起大餅啃了起來。

這時候，卡在牆上的手電筒燈光正好照亮了面前的甬道。我抬眼看去，那隻死貓頭鷹流了一地黑血，而牠剛才抓叼過的那顆人頭，就在不遠處的石縫裏，正在睜著黑洞洞的眼睛，朝我的方向看著。

在這種氛圍之下，即便再餓，想要順順當當吃下東西，大概要像姥爺這樣看不見才行。

我吃不下去了，就把大餅收了起來，半蹲下身子，捏著鬍子的嘴巴，給他灌水。鬍子似乎還有些知覺，灌到嘴裏的水都喝下去了。我於是又把水澆在鬍子臉上。

鬍子眉頭一皺：「呸呸，什麼玩意兒？」他伸手抹著臉，從地上坐了起來。

「這都到哪兒了？」鬍子有些疑惑地看著周圍問道。

「不知道，估計快到第三層了，你小子睡爽了吧？」我撇撇嘴，在牆邊坐下來。

「靠，你還好意思說，我還沒找你算賬呢，剛才最後那一下，不是你小子打的，我會暈過去？」鬍子想起先前的事情，瞪著眼睛質問起我來。

我有些內疚，訕笑道：「好了，是我錯了，你既然醒了，趕緊吃點東西，補充一下體力吧，我們馬上要出發了。」

我把水壺遞給鬍子。鬍子滿臉不樂意，接過水壺喝了一口，又摸摸後腦勺道：「娘的，腦震盪了，現在還嗡嗡響。」

我沒接他的話，給他遞了一張大餅。

鬍子挨著我坐下，一邊啃著大餅，一邊轉著眼睛在地上掃，用胳膊肘捅了捅我，問道：「這是什麼鳥？你打死的？」

「貓頭鷹。」我說道。

「噢，你為什麼打死牠？」鬍子問我。

「牠叼了一個東西，我才打死牠的。」我瞇眼說道。

「什麼東西？」翳子問道。

「在那邊，你自己去看。」我指了指不遠處石縫裏的那顆人頭。

翳子好奇地站起身，勾著頭走近一看，「呸」一口，把嘴裏的東西都吐了出來，接著就滿臉晦氣地轉身回來，疑惑地問道：

「怎麼有個人頭？從哪裡來的？這人是誰？」

「不知道是誰，人頭是從石縫裏掉下來的，我猜是貓頭鷹叼進去的。再後來，這鬼東西還想叼，就被姥爺打下來了。」我又說道，「這顆人頭還是新鮮的，估計剛死不久，應該是失蹤的三個士兵之一。」

「應該是了，娘的，咱們這次進來可是白跑一趟了，連個鬼都救不出去，而且趙山還下落不明，真不知道咱們什麼時候才能出去。」翳子的思緒有些亂。

「白跑一趟倒不至於。」這時姥爺吃完了東西，悠悠說道，「人可能救不了，不過，鬼還是可以救幾個的。」

翳子怔了一下，說道：「鬼怎麼救？」

「到時候你就知道了。」姥爺呵呵一笑，接著說道，「而且，這一趟，你們不是也歷練了麼？有歷練，這就不虧。」

「嗨，老爺子，其實我覺得也只有大同歷練到了，對我來說，壓根兒就是活受罪。我本來膽子就大，什麼都不怕，做事又膽大心細，所以啊，我是不需要歷練的，我這是捨命陪君子，被他連累啦。」

鬍子有些委屈地撇撇嘴，「再說了，大同是你的外孫，又是你的關門弟子，你什麼好東西都給他了，我到現在連一件像樣的法寶都沒有，哎——」

鬍子開始叫起屈來。

我見他那麼矯情，伸手在他頭上拍了一下，冷聲道：

「你腦子進水了？你他娘的賴在我家白吃白喝這麼些年不說，老子還天天教你讀書寫字，把你當成親兄弟，現在讓你跟著跑一趟，你就不願意了？」

鬍子嘟嘴道：「我說的是事實啊，老爺子說我們都歷練了，我怎麼感覺除了被你揍了一棍子之外，其他都沒啥感覺呢？」

我見到鬍子變著法子嘲笑我，氣得踹了他一腳，說道：

「你信不信我下次用鐵棍子砸你？」

「你娘的，你就發狠吧，你等著，下次你再出意外，老子再救你才見鬼。」鬍子對我瞪了瞪眼睛。

「好了，不要說啦，你既然參加了，那就肯定歷練到了。收拾一下，繼續前進，前頭才是真正的歷練。你們都打起精神來，別再出意外了。」

姥爺站起身，摸索著收拾起來。

我們來到那塊大石頭面前。我拖著背包帶，爬到了大石頭上面的縫隙裏。

我趴在大石頭上，拿手電筒前後照了一下，發現前後似乎都是又深又黑的洞，額前還不時有陣陣冷風吹來。

我吸了一口氣，平復了一下心情，慢慢地往前爬，再次嗅到了一股血腥味。我隨即想到可能是先前那顆人頭在這裏留下了血跡，於是沒放在心上，繼續向前爬去，很快就來到大石頭的邊緣。

我先是伏身在石頭上沿，拿著手電筒往石頭後面照了照，發現後面還是甬道，沒有什麼異常，這才放下心來，慢慢側身轉向，先伸腿下去，用雙手扒著石頭的邊角，緩緩往下墜。

我先伸腳下去試了試，想要找個可以蹬踩的地方先借力，但是沒想到，巨石下面居然是空蕩蕩的，也就是說，巨石是凹進去的，我現在就好像趴在屋簷上一樣，很難找到東西借力。

我想，反正也不是很高，就算直接跳下去也摔不死，就繼續鬆手把身體往下放，然後只用左手墜在石沿上，右手舉起手電筒向前照去。

一照之下，映目赫然是一大片血紅。只見大石頭凹進去的石壁上滿是血，四面石壁上也飛濺了無數血點。最讓我頭皮發麻的是，就在凹進去的石壁底下的地面上，緊靠著石壁的地方，蜷曲著一具渾身血污的屍體。

那具屍體沒有頭，脖子上的斷口處還在滴血。我悶哼了一聲，鬆手就要往下跳，卻不想突然上面有人一把將我的手抓住了。

「哎呀！」

我驚得大叫一聲，卻聽到「哈哈哈」的大笑聲。抬頭一看，是鬍子，不由得有些惱怒地瞪著他問道：

「你幹什麼？這是開玩笑的時候嗎？」

「嗨，我說哥們兒，咱們本來就是來抓鬼的，幹的就是恐怖的事情，結果你還一直皺著眉頭，滿臉疑神疑鬼的，不是把氣氛搞得更加陰森了嗎？你這個樣子，就算沒鬼，也把自己嚇死了。」鬍子嘿嘿笑道。

我不去理會他，一甩手跳到地上，對他說道：「你下來看看，看你還笑得出來不。」

鬍子好奇地眨眨眼睛，轉身也從石沿上墜了下來。

我想要嚇他一下，於是故意拿手電筒照著凹進去的石壁，讓他墜在半空的時候，就能看到那具無頭的屍體和石壁上遍佈的血痕。

「我操！」鬍子一看到無頭的血屍，嚇得大叫一聲，跳腳落到地上，抬手就去抽背後的擀麵杖。

「不用緊張，已經死挺了，頭都沒有了。」我嬉笑道。

鬍子臉一紅，想要說什麼，但還是把話咽回去了，抬頭對巨石對面的姥爺喊道：「老人家，您老抓緊繩子，繫在腰上，我拉你過來。」

姥爺答應了一聲，不多時就對我們喊道：「拉吧。」

我們兩個一起抓著背包帶拉了起來，不一會兒就見姥爺出現在巨石的上沿，我們就一起去接姥爺下來。

姥爺一邊解開腰上的背包帶，一邊問道：

「什麼情況？這裏血氣這麼重。」

「有個無頭屍體，渾身是血，大概是那三個失蹤的士兵之一。」鬍子心有餘悸地皺了皺眉頭，「這屍體怪駭人的，也不知道是遭了什麼事情。」

「大概是和他一起失蹤的士兵神智錯亂，把他砍了。」我接口說道。

「不對。」姥爺皺眉道，「這一路過來，已經遇到兩個了，如果這個也是的話，那就是第三個了。哪裡來的第四個人殺他？」

我和鬍子不由得一怔，心裏一沉。

鬍子硬著頭皮上去，用擀麵杖把屍體撥開，仔細看了一下，嘟囔道：

「全身都被戳成馬蜂窩了。頭都被剁了，要說是鬼幹的，我還真不信鬼有這麼細緻的刀功。」

「和你們說多少次了，鬼不會這麼傷人的。」姥爺咂嘴道，「這種傷，肯定是人幹的。」

「難不成這洞裏還有其他活人？」鬍子疑惑道。

「這也很難說，我們還是多加小心才好。」姥爺皺眉道，「既然是活人，那就好辦多了。我們只管鬼事，人事自然有人來管的。你們也別在這裏糾結了，先幹咱們的營生才對。」

我和鬍子心有餘悸地點點頭。我低聲對鬍子說道：

「我扶著姥爺就行了，你注意看四周。那個人既然能這麼殺人，保不準不會對付我們。」

鬍子點點頭，把擀麵杖收了起來，抽出了工兵鏟，提在手裏，非常警覺地四下看著。

我們沿著甬道向前走了不到五十米，就來到了一個向下的臺階口。臺階下面一片漆黑，不知道有多深，不過可以清晰感覺到裏面有陣陣陰森的冷風，以及撲面濕衣的水汽。

「看樣子，第三層已經進水了。」髫子說道。

「進去吧。」姥爺淡淡地說。

臺階是石板鋪的，一開始還算好走，越往下，石板就越潮濕，最後還覆蓋了一層淤泥，踩上去有些滑膩。我們小心翼翼地一點點往下走，沒多久，我發現下面的臺階上似乎有腳印。

「有腳印，有人先下去了。」看到那腳印，我停下來說道。

「肯定是那個殺人犯，這傢伙倒是夠厲害的，鬼都不怕，他下去幹什麼？」髫子看著腳印，有些疑惑。

「殺人，不一定就是殺人犯。」姥爺淡淡說道，「跟著腳印走，看看到底是怎麼回事。」

髫子提著工兵鏟，上前追蹤腳印。

我則關了手電筒，扶著姥爺跟在他後面。這樣一來，我和姥爺就隱身在暗中，如果有人從前面襲擊，也不會馬上發現髫子身後還藏了兩個人。

我把陰魂尺抽了出來，隨時準備支援翳子。翳子心裏自然也明白我的策略。

我們一路下了臺階，來到第三層的甬道。

因為進過水，地面上覆蓋著一層薄薄的淤泥。淤泥上，一行腳印向著裏面走去，非常清晰，而且非常新鮮。翳子加快速度追了上去。

第三層的甬道比第二層更窄，我們追著腳印，不多時就拐進了一間圓形的石室。

圓形石室有一個籃球場那麼大，四壁都是被水泡過的痕跡，石室的地面上也沉積著一層淤泥。我們一直追蹤的那個腳印，也走進了石室之中，只是，腳印在進入石室之後沒幾步，居然就中斷了，沒有了。

我和翳子不由得心裏一緊。我把姥爺掩到身後，橫著陰魂尺，警惕地看著前方。翳子迅速滅了手電筒，不讓我們成為活靶子。但這個策略是一把雙刃劍，我們也陷入了伸手不見五指的黑暗之中。

那行腳印走進石室之後消失了，這種情況讓我們首先想到的一個可能性就是，那個人發現了我們，故意躲起來了，現在說不定正準備偷襲我們。

於是我和翳子都屏氣凝神，不動也不出聲。

姥爺自然知道有事，於是就捏捏我的手，我會意，悄悄反手在他手上點了幾下，對了暗號，意思是：有情況。姥爺於是也一聲不響地站著。

我們三個人就這麼站著，愣了半天，忽然聽到石室裏面傳來一陣陣水波蕩漾的聲響，同時湧出陣陣陰森的冷風。

我思忖了半天，覺得這樣僵持下去不是辦法，就收了陰魂尺，拖著他們一步步地往後退，一直退到後面的石壁前，才低聲道：

「鬍子，開燈，看看到底是什麼情況。」

但是，我連續低聲說了好幾次，鬍子居然都沒有反應。

我不由得心裏疑惑，自己摸出手電筒，一邊打開，一邊對鬍子抱怨道：

「你小子幹什麼呢？」

手電筒的光芒亮起，照到了我身前的鬍子背上。我不由得愣了，心說這傢伙什麼時候換了衣服了，怎麼穿得跟個日本兵似的？

隨即，我意識到了什麼，嚇得全身寒毛都豎了起來。

這時，那個背對我的人，還是站著一動不動的，這多少讓我心裏輕鬆了一點，可是我的身邊卻逼來一股陰寒的氣息。

我側頭一看，赫然看到一個穿著一身日本兵軍裝，渾身泥水、翻著白眼、嘴唇裂開、滿臉污泥的殭屍一般的人，正在側著頭直愣愣地看著我，臉上的神情居然是一種莫名的欣喜。

我心裏驚恐到了極點，我清楚記得，鬍子關燈之前站在我的前面，我的旁邊是姥爺，剛才還和我對暗號來著，現在怎麼就突然變成了兩個殭屍日本兵了呢？難道，我又精神錯亂，被那些髒東西控制了心智嗎？

我一邊在心裏痛恨自己心性不定，一邊閉上了眼睛，屏氣凝神，儘量平復心緒，讓自己看破幻覺。

就在我以為可以用意志力去克服這些幻覺的時候，一雙濕滑冰涼的手突然一下子抓住了我的手臂。我驚得全身起了一層雞皮疙瘩，立即睜開眼睛，用力掙脫那雙手，同時去抽腰裏的打鬼棒。

可是，我一撤身，居然又撞到了一個人身上，回頭一看，看到一個臉上貼著白紙、也穿著日本兵軍裝的殭屍，正在怔怔地看著我，殭屍的手裏居然還舉著一把森寒鋒利的武士刀。

我很擔心他會突然一刀砍下來，連忙矮身向旁邊躲，從這三個殭屍的包圍中撤了出來。

我站起身用手電筒四下照過去，倒吸了一口涼氣。我才發現，我站在石室的中央，此時四周站滿了日本兵殭屍。

這些殭屍一開始都保持著奇形怪狀的姿勢，沒有什麼聲息，等到我看清他們的時候，他們似乎也看清我了，突然都扭頭向我看來，臉上帶著興奮又怪異的神情。

我緊攥著打鬼棒，捏著手電筒，微微縮肩，站在這群殭屍中間，真不知道自己到底是在現實中還是在夢中。

一雙沾滿濕泥的手從背後搭到了我的肩膀上。我本能地身子一沉，一縮頭一轉身，從對方手臂底下鑽了出來，轉身用手電筒一照，正看到一個日本兵殭屍伸著兩隻泥汙胳膊向我撲來。我揮起打鬼棒向殭屍的腦袋砸過去。

「砰——」一聲悶響，由於我用力過猛，殭屍被我砸得一個趔趄，額頭脫落了一大塊皮肉，倒在地上，晃蕩著腿腳，似乎想要再爬起來。

「嗚嗚嗚嗚嗚——」四周的殭屍突然步調一致地向我轉了過來，一起發出低低的呼嚕聲，嘴裏吐著泥水泡泡，向我撲來。

這時，我已經沒有退路了，如果不全力拼下去的話，就只能等死了。我手腳並舉，跟這些殭屍短兵相接了。

這些日本兵殭屍雖然樣子恐怖，好在行動速度不是很快，而且一跳一跳的很笨拙，雖然數量很多，但是被我一通亂砸再加上一陣亂踢，近處的殭屍都被我打倒在地了。

我一邊對付殭屍，一邊慢慢地向石室門口退去，卻不想退到石室入口處的時候，抬眼赫然看到門口站著兩個人。

那兩個人我太熟悉了，一老一少，老的閉著眼睛，一身長衫道袍，站在那裏微微側著頭，似乎在聽著什麼，而那個小的，則是身材魁梧，一臉毛鬍子，也在側耳傾聽。

「鬍子，你這混蛋，還裝鬼呢？怎麼還不來幫忙？」我大喊道。

鬍子緩緩地舉起了手裏的工兵鏟，躡手躡腳地向石室裏走進來，他靠近我，瞪著一雙大眼睛，空洞地看著前方，接著居然舉起鏟子朝我的腦袋拍了下來。

我驚得渾身出了一層冷汗，大叫一聲，彎腰躲過鏟子，抬起手裏的打鬼棒就向他的後腦勺砸去。

「他娘的，你也被鬼東西迷了心竅了，我看你還是躺下吧，免得添亂。」

我知道鬍子後腦勺有舊傷，就想給他來個一擊致命，可是這傢伙雖然好像看不到我，但是對於我偷襲他的路子非常熟悉，我還沒砸到他，他就已經縮身後退了，接著冷笑著抬頭，又直愣愣地看著側前方，鏟子又朝我頭上砸下來。

我心裏不由得一陣叫苦。因為鬍子不管是力氣還是速度都不比我弱，現在那些鬼東西迷了他的心竅，讓他把守石室的出口，自然非常妥當，我要想出去，簡直比登天還難。

我知道我打不過鬍子，於是就不和他糾纏，轉身去對付那些殭屍。

這時候，我身後的殭屍居然列隊站成了一排，都在扭頭歪嘴地看著我，如同欣賞玩物一般。我不由得大怒，低吼一聲，抬起打鬼棒就衝了過去，不想剛衝到半路，一陣冷風撲面襲來，一把森寒的刀刃凌空劈了下來。

我一愣，雖然極力躲閃，卻還是被刀刃砍中了頭上的鋼盔，「叮——」一聲脆響，震得我腦袋發麻。

我連忙縮身向後躲，抬眼看時，發現偷襲我的正是那個臉上貼著白紙的殭屍。

這具殭屍緊接著又是一刀劈下來。我不敢硬接，連忙一邊急速後撤，一邊收起打鬼棒，去抽工兵鏟。可是，一隻冰冷的大手突然從後面抓住了我的手腕。

我一驚，回頭一看，赫然看到一張非常扭曲的黑褐色臉孔。

那臉孔似人非人、似鬼非鬼、尖嘴猴腮、齜牙咧嘴，滿臉黑色的捲曲粗毛，肥厚的嘴唇裏面發出一陣腥臭的氣息。我不禁悶哼一聲，猛地把手掙脫出來，接著轉身飛踹了出去。

「唧呀——」

只聽一聲尖叫，一個黑色的精瘦影子突然一躥，閃到旁邊去了。

我一腳踹空，連忙舉起手電筒追著黑影一看，這才發現那是一隻和成年人差不多高、精瘦佝僂、渾身泥漿的黑毛長尾猴子。

那隻猴子四肢著地，飛快地爬到石室角落的一塊大青石頭上，回頭齜牙看著我，兩隻圓眼之中滿是陰狠。

我見到這隻猴子如此模樣，心裏了然，知道這東西也是一隻陰靈，不由得有些擔憂起來。

在我看來，那些殭屍倒還好對付，畢竟行動比較慢，而這隻猴子卻不同，不但行動敏捷，神出鬼沒，而且還有些頭腦，知道偷襲人，所以就很難纏了。

「呼——」

就在我心裏想著的時候，突然再次腦後生風，似乎又有什麼東西襲過來了。我本能地彎腰低頭，抬頭時只見一把森寒的長刀從頭上掃了過去。

「我操，老子不發威，你當老子是病貓嗎？」

我心頭一陣火起，抄手把手電筒插到腰上，摸出工兵鏟，雙手掄了起來，「呼——呼——」大開大合地劈砍拍打起來。

「砰砰——」

「劈啪——」

「叮叮——」

我雙手左右開弓，工兵鏟掄得像風扇一般，不一會兒，把周圍的殭屍幹倒了一大片。

這些殭屍有的被我砍中了脖頸，歪著腦袋，四肢抽搐著，流了一地黑血；有的被我砍掉了半個腦袋，倒在地上，一直翻白眼；還有的則是缺胳膊斷腿，總之沒有一個完好的。

我越打越發狠，一邊揮舞著工兵鏟，一邊哇哇大叫著，衝殺的感覺真爽！

這時，那個臉上貼著白紙、拿著武士刀的殭屍，驚懼地躲到殭屍群後面去了，不敢出來和我正面硬碰。我瞥眼看到他，冷笑一聲，徑直向他衝了過去。

「砰砰——」左右兩鏟子，我將擋在那長刀殭屍前面的兩個殭屍拍得腦袋摔到了腦後，翻身倒在地上，這才用一臉挑釁的神情，對那個臉貼白紙的殭屍說道：

「嘿嘿嘿，來啊，來跟老子過招啊！」

我滿臉冷笑，提起工兵鏟就摟頭蓋頂地砸了過去。

那個殭屍見我一鏟子砸過來，居然還妄圖用手裏的長刀來抵擋，卻不想，我手裏的鏟子不但長度比他的武士刀要長，而且鏟子頭更是呈橢圓形，頭部很尖，邊角很鋒利，是一把重兵器，所以這一下下去，細長的武士刀直接就被崩飛了。

「噹啷」一聲脆響，武士刀飛了出去，而鐽子砸到了殭屍的胳膊上。

殭屍倒是有兩下子，被我這麼一砸，居然還懂得縮身逃走。但是，他的速度又怎麼可能跟我比？

我立即抬腳追上去，手裏的鐽子遞出去，連續好幾下鐽到了他的身上，把他放倒在地，接著一鐽子砍斷了他大半個脖頸，流了一大灘黑血之後，我才甘休。

不過，奇怪的是，等到我轉頭去找別的殭屍時，卻發現石室之中，居然一具殭屍也沒有了。整個石室不知道何時變得空蕩蕩的，就連那隻黑毛猴子都不知道躲到哪裡去了。

此時，我的對面，只有一個人站著，就是鬍子。

第四十四章

鬼火燒魂

鬼火，也叫做磷火，是一種很常見的自燃現象。
這種鬼火的來源，是因為動物的骨骼中含有磷，
磷的燃點非常低，在骨骼腐朽之後，這些磷暴露出來，
一經風，就自燃成一片綠白色的鬼火了。

鬍子雙手緊抓著工兵鏟，正在咧嘴冷笑地看著我，很有和我決一死戰的意思。

「鬍子，是我，他娘的，你到底怎麼了？」我對鬍子大喊一聲。卻不想不喊倒罷了，這麼一喊，鬍子原地一跳，一鏟子當頭向我砸了下來。

我見他出手太快，不敢硬接，連忙向側面躲避。

「啪——」我躲開之後，鬍子手裏的鏟子重重地砸到地面上，掀起了一大片泥點。

「他娘的，你真的要和我打嗎？」我站起身，怒視著鬍子。

鬍子根本就不回答，揮舞著鏟子，繼續向我衝過來。

我真的被激怒了。我一邊向後退，儘量拉開和他的距離，不讓他打到我，同時扭頭去看門口的姥爺，大聲喊道：

「姥爺，鬍子被迷了魂了，你老人家也想想辦法啊！」

姥爺突然嘿冷笑了一聲道：「鬍子，交給你了，你幫我把他拿住，我才好想辦法幫他清除心裏的邪祟。」

我一聽姥爺的話，不由得一怔，心說莫非是我自己中邪了？可是，這怎麼可能呢？明明是鬍子這傢伙想用鏟子砸我，我可是看得真真切切的。不對，不可能是我中邪了，肯定是鬍子這傢伙中邪了，姥爺看不到，所以誤解了。

「呼——」鬍子又是一鏟子橫掃過來，擦著我的鼻尖過去了。

我嚇了一跳，連續向後倒退了十幾步，對他冷聲道：

「鬍子，他娘的，你再這麼逼我，我可就不客氣了，你別以為我真打不過你，你信不信我一尺捅死你？」

鬍子對我的話充耳不聞，揮舞著工兵鏟又衝了上來。我心裏火大，也不用陰魂尺，就拿著工兵鏟和他硬幹起來。

「喀啷——喀啷——」我們都把工兵鏟揮舞得呼呼生風，工兵鏟不時撞在一起，迸出火花，發出刺耳的金鐵交擊聲。

我發了狠，想壓一壓鬍子，於是咬牙鼓足全身的力氣，一點兒也不退縮。

就這樣，我們不知道打了多少回合，直到後來兩人的鏟子都被砸得捲了刃，手臂也都震得發麻變酸了，這才氣喘吁吁地分開來，端著工兵鏟對望著，都是一臉不忿的神情。

「呼呼——」鬍子喘了幾口粗氣之後，掂了掂手裏的鏟子，又準備衝上來。

我連忙彎腰弓身，準備出擊。可是，我的腰上忽然一鬆，腰帶上別著的手電筒滑脫出來，滾跌到地上。我連忙彎腰去撿，卻不想一回頭，赫然看到一個黑色人影。

我還沒有反應過來，那個人影已經猛地一抬膝蓋，直接頂到我的臉上。

「撲——」我只覺得鼻子一麻，臉上一陣火辣，接著一口血水吐了出來，翻身向後倒去。我還沒能爬起來，那個黑影又飛身騎到了我的腰上，抓住我的雙手，死死地按到地上。

鬍子走到我的身邊，滿臉冷笑地看著我，接著調轉手裏的工兵鏟，用鏟子的禿尾粗柄子，向我的臉上砸了下來。

「砰——」我覺得腦袋裏白光一閃，就失去知覺了。

我不知道自己昏迷了多久，一直迷迷糊糊的，時而感覺到有人在身邊走來走去，時而又聽到有人在說話，但是聽不真切。我感覺自己好像飛起來了，如同樹葉一般在半空中飄蕩著。

這時候，我看到了一個臉孔。那個臉孔似乎很遠，又似乎很近，我費力地睜大眼睛去看。一開始，我看到的是趙山，但是等靠近了，又發現不是趙山。那張人臉上似乎貼著一層皮，一層和人皮很像的皮。

我也不知道是怎麼回事，靠近的時候，居然可以看穿那人臉上的一層皮，看到那層皮下面的真實面孔。

而那個真實的面孔，卻讓我有些疑惑，因為，那個臉孔似曾相識。

「醒了，這回應該清醒了，這種草葉最能醒神，很管用的。」

就在我正迷迷糊糊，看著面前的臉孔疑惑時，突然嗅到一股淡淡的清香。我不由得心裏一動，接著猛然醒了過來，抬頭一看，發現我正躺在石室中的一塊青石板上面，趙山彎腰拿著一片綠色的草葉在我臉上晃蕩著，清香就是從草葉上發出來的。

我愣了一下，皺眉看了看趙山，接著抬頭看看四周，發現此時鬍子正坐在不遠處的一塊石板上，正在拿著一本破書翻看著，而姥爺則一邊端著旱煙袋，一邊微微側耳聽著什麼。在他的腳邊地上，我看到一圈白灰顏色的符文，似乎是剛畫上去的，符文的中間是一處通往底層的臺階。

「暫時用鎮魂符把出口封死了，不過，時間久了也就沒什麼效果了，最多撐個一天半天，正好讓我們有時間進去把那個禍根除掉。」姥爺咂咂嘴道。

「大同醒了麼？」姥爺問道。

「醒了。」趙山回了一句，拍拍我道：「你姥爺叫你呢。」

我愣了一下，不由得疑問道：

「怎麼回事？到底發生了什麼事情？」

「你小子鬼迷心竅，發瘋一樣亂砸亂打，老子差點都被你打死了，娘的。」鬍子撇嘴看了看我說道。

「是我被迷了心竅？」我有些尷尬地看著鬍子問道。

「就是啊，也不知道你哪兒來那麼大力氣，我差點沒降住你，後來幸好趙山趕過來了，給了你一下子，你就暈了。」鬍子站起身，走過來看著我道，「你臉上還疼不？」

我伸手摸了摸臉，發現鼻梁周圍腫得跟饅頭一樣，心裏知道是趙山那混蛋最後給我砸的，但是也沒有說出來，只好嘟囔道：

「不疼了，你們在做什麼呢？趙山你怎麼又追上來了？你在升降機那兒發生什麼事情了？」

「沒什麼，就是被一隻黑毛猴子襲擊了，搞得我火大，追著牠打了一圈，結果無意中發現了一條非常隱蔽的通道，能通到第三層來，我就直接從通道下來了，中途還發現了一點東西。」趙山淡笑著說道。

我愣道：「你也遇到黑毛猴子了？」

「你們也遇到了？」趙山問道。

我點了點頭，將意識迷糊時看到的情況說了。

姥爺聽了點頭道：「那猴子應該是個陰靈，現在想必逃到第四層去了。你是不小心被牠給迷惑了，還有那些殭屍，估計也是這第四層的陰氣所致。」

「小黑，你看那書上都寫了什麼？」姥爺又問鬍子。

鬍子說道：「具體情況差不多知道了，這是一本記事本，是先前駐紮在這裏的那些當兵的人寫的。」

「都寫了什麼？」趙山皺眉問道。

「嘿，這不是你發現的嗎？你自己居然沒看？」鬍子有些疑惑地問道。

「光顧著趕路了，沒來得及細看。」趙山說道。

「那我給你們講講吧。」鬍子翻了翻破紙本子，「這裏面記載了一些關於這防空洞的事情。這個防空洞，一開始居然是日本兵挖的。」

「上面說，日本兵當年挖了四層，在裏面囤積了大量的糧食和彈藥，戰敗之後，還準備長期在這裏面堅守。後來有兵來圍剿，愣是沒能打下來，這裏的工事太堅固了，而且防空洞第四層就是個深井，他們不缺水不缺糧，彈藥充足，一時半會兒確實打不下來。不過，他們也不敢出去。」

「後來重兵進山圍剿，打進了防空洞，最後，他們就在第四層集體剖腹自殺了，把第四層的井水都染紅了。現在那些屍體還在第四層裏呢，怪不得這裏有這麼重的陰氣。」

鬍子心有餘悸地看了看那被姥爺用符文鎮住的臺階入口，滿臉擔憂的神色。

「這怎麼可能？難道沒有打掃戰場嗎？」我有些不解地問道。

「因為防空洞裏面發生了塌陷，把通往第三層和第四層的通道擋住了。」鬍子說完，把破紙本往青石板上一丟，抽手拽出擀麵杖，問道：「老爺子，接下來怎麼做，您吩咐。」

我連忙也起身走過去，說道：「姥爺，我也一起去。」

「嘿嘿，急什麼，還怕沒時間嗎？」趙山順手從石板上把那個破紙本撿了起來，塞到口袋裏，對姥爺說道：「老人家，這鬼事就交給你們了，人事交給我吧，特別是那個黑毛猴子，娘的，牠撓了我一下，我一定要親手宰了牠。」趙山抽出了匕首。

姥爺點頭道：「既然你們都聽我的，就先分一下工吧。首先，我們得一起下第四層去。趙山，你主要對付那些猴子，要是搞不定，叫大同幫你。小黑，你要一直跟在我身邊，萬一我支撐不住了，你就拖著我撤退。咱們不能因為這麼點事情就把命丟在這裏，划不來。咱們這次不過是借機歷練一下而已，盡人事，聽天命，能行就行，不行就撤，要知道進退。」

我們開始往第四層進發。依舊由趙山和鬍子打頭，我扶著姥爺跟在後面。

我們踏上了通往第四層的濕滑陰暗的臺階。一走上臺階，我立時覺得全身一陣冰寒刺骨，凍得全身發抖。鬍子和趙山的情況也不是很好，有些哆嗦，牙齒都在打架。只有姥爺一直一臉淡然，沒有任何異常。

「心火正，邪氣難侵，你們都精神點，不要出什麼意外了。」姥爺淡淡地說。

我有些愧疚，為了不再被迷了心竅，我默念著姥爺教的靜心咒，儘量讓自己鎮定下來。

我們順著濕滑的臺階向第四層走去的時候，空氣就變得異常陰冷起來，不但如此，還起了白色水霧，搞得我們全身濕漉漉的，頭髮和眉毛上都沾著水珠。

通往第四層的臺階不是很長，大約有一兩百級。臺階的最底端，是一段平坦的通道，大約有六七米長，通道的一頭連著臺階，另外一頭則是一個黑洞洞的石門。

那個石門裏面陰風陣陣，不知道是什麼情況，恍惚還能聽到一陣陣潺潺的水聲，聽著倒像是門後有一條小溪一般。

通道兩邊的石壁上，畫有兩個青面獠牙的大怪物。左邊的牆壁上畫著一個穿著一身人類的衣服、狗頭狗臉狗耳朵的大怪物。大怪物雙手拄著一把長劍站立著，微微瞇著眼，模樣倒是不怎麼凶煞，但是極為怪異。

「我操，這是什麼？二郎神？」鬍子一看到那個狗頭怪，不由得大叫了起來。

「不懂就不要廢話，這是犬神，什麼二郎神，二郎神長狗頭嗎？」趙山滿臉不屑。

「對啊，娘的，我糊塗了。」鬍子嘿嘿一笑，撓頭道。

另一邊的牆壁上，畫著一個青面獠牙、渾身赤裸、青皮青臉、張著血盆大嘴、獠牙伸出嘴外、厚鼻圓眼、頭上一蹙紅毛、長著一對牛角、手裏捏著一把三齒叉子的大怪物。那大怪物模樣怪異，形象兇惡，腳底下還踩著水花。

「這個，應該是牛神，對不對？」鬍子又開始賣弄自己的見識。

此時，我真是有些後悔把劉小虎的《西遊記》畫冊借給他看了。

「這個是夜叉，是陰神。」趙山左右看看，「一陰一陽，兩個大神，左右對稱，猜也知道了。」

鬍子氣得愣了半天才嘟囔道：「要是頭頂上還有一個，我看你怎麼解釋。」

我們雖然知道他在說氣話，但是也不由得都抬頭向上看了看，一看之下，我們都是一驚，幾乎同時伸手去背後摸出了傢伙。

「唧呀——」一聲尖叫，在我們頭頂上大約四五米高的地方，居然凌空墜著一隻黑色大毛猴子。大毛猴子此時正四肢伸開，面朝下趴著，直愣愣地看著我們。

這畜生一開始估計也是被我們嚇著了，一直都沒有叫喚，現在被我們手電筒一照，不由得全身一抖，尖叫起來。

「別讓牠跑了！」趙山拔出一把匕首，向後退了一步，對準猴子，一抬手把匕首對著猴子飛投過去。

「撲哧——」一聲悶響，趙山的飛刀在半空劃過一道寒光，穩穩地插進了那隻大毛猴子的心窩。

「好準！」鬍子不由得讚嘆了一句，接著抬頭皺眉看著大毛猴子道，「這畜生估計是死挺了，不過，怎麼還不掉下來呢？」

「別動！」

我好奇地抬頭看了看那隻大毛猴子，結果看到了一個讓我極為驚恐的現象。大毛猴子後面的石壁上，居然佈滿了和石壁顏色極為相近的灰色藤蔓。那些藤蔓是從通道另外一頭的黑色洞口裏面延伸出來的。

大毛猴子原本應該也是墜在那些藤蔓上的，但是現在被趙山一刀捅死了，於是就變成那些藤蔓纏著牠了。

不對！我一怔，立刻抓著鬍子和趙山說道：

「注意那些石壁上的藤蔓，不太對頭。」

趙山和鬍子也抬起手電筒仔細一看，光影交錯，把石壁上面的藤蔓照得更清晰了。那些藤蔓居然死死地纏住了那隻死猴子，還有很多藤蔓正在窸窸窣窣地沿著石壁爬動過來，開始向猴子的身上蔓延。

不過片刻工夫，那些如同小蛇一般的藤蔓已經將那隻大毛猴子團團包裹起來，成了一個黑灰色的藤蔓大包，墜在石壁上。大包裏面的藤蔓不停抽動扭曲著，發出一陣「咯吱吱」的聲響。

我們清晰地聽到骨骼斷裂的聲響傳來，幾秒鐘之後，只見藤蔓大包的底部突然變得黑紅，「啪啪啪——」滴下了一片淋漓的鮮血。

「什麼情況，你們怎麼都沒聲音了？」這時姥爺疑惑地問道。

我連忙扶著他靠牆站著，把頭頂的情況說了。

姥爺點頭道：「又是一物降一物啊，這樣看來，前面我們在地道裏遇到的那個無頭屍體，應該是毛猴子幹的。這個陰靈凶殘至極，而且能用陰氣控制人的心智，然後殘忍虐殺。卻不想到了這裏，卻被那些鬼藤蛇蔓纏住了。」

我立刻想起了那本竹簡古書上說過的一個事情，不禁滿心焦急。鬍子和趙山也滿臉好奇地問姥爺，鬼藤蛇蔓是什麼。

姥爺拍了拍我的手臂，說道：「大同，你給他們講講吧。」

「鬼藤蛇蔓是一種陰物。一般來說，活的動物長期被陰氣侵蝕，最後就會變成陰靈，而植物則是變成陰物。鬼藤蛇蔓原本是一種生活在洞穴底部陰暗無光地帶的植物，生性喜陰，攀壁而活，觸鬚懸掛在空中，一旦有小動物飛過，比如飛蛾、蝙蝠什麼的，總之，只要是活物就行，這些活物一旦觸碰到那些觸鬚，觸鬚就會瞬間收縮起來，將小動物纏住，然後將小動物殺死，然後那些動物的屍體就成為它們的養料了。這種藤蔓還有一個別名叫吸血藤。」

我心有餘悸地抬頭看了看頭頂岩壁上的藤蔓，不由得皺起了眉頭。

「這玩意兒還會吸血？」鬍子好奇地問道。

「本來不會吸血，不過，它們的觸手上遍佈細小尖利的毛刺，動物一旦被它纏住就很難掙脫，難逃一死，而且，最重要的是，這種藤蔓對光照有特殊的反應。那些藤條原本行動速度很慢，但是一旦被光線照射了，就會變得如同蛇一般扭動起來，行動非常迅速，而且極度嗜血，可以一瞬間就把活人身上的血液吸乾，所以才叫吸血藤。」

我突然又想到了什麼，不由得靈光一閃，「我明白了，那隻猴子原本是躲在上面的，想要偷襲我們。」

「嗯？什麼意思？」趙山和鬍子問道。

「這個鬼東西應該是躲在上面，想要作怪，但是沒想到牠還沒有出動，就被那些藤蔓給纏住了。那些藤蔓原本是不足以對付牠的。牠平時也是在這個黑洞裏經常出入的，不可能不知道這些藤蔓的習性。牠知道那些藤蔓的特性，但是覺得那些藤蔓為難不了牠，所以牠就墜著那些藤蔓躲在上面了，想要趁著我們不注意的時候，下來偷襲我們。但是我們進來之後，手電筒的光芒一照，那些藤蔓就變得凶厲起來，先把牠給纏住了。這隻畜生被纏住了，一開始沒敢出聲，等到後來我們發現牠時，牠已經被纏緊，沒法逃脫了。」

我看了看藤蔓大包，發現此時那些原本攀爬在石壁頂上的藤蔓，有些已經開始向下攀爬過來。

「火把，快，火把！」

鬍子也看到了那些四面攀爬下來的藤蔓，連忙一邊大叫著，一邊去點火把。

「沒用的，這種藤蔓含水量極高，普通火把不但燒不了它們，還會引來它們的圍攻。」姥爺連忙出聲制止。

「啊？那怎麼辦？」鬍子怔怔地停下動作。

「把手電筒都關了，沒有光，它們就老實了。」姥爺淡淡地說。

「關了手電筒，那我們不是也看不到了嗎？」鬍子疑惑地問道。

「沒關係，用冷光就行了。」姥爺說著，從衣袋裏掏出了一顆雞蛋大小、綠瑩瑩的圓球，「把手電筒關了，用這個照亮就行。」

我們連忙一起關了手電筒，四周的光線一瞬間就暗了下來。

這時，我們抬頭看到姥爺手上的那個圓球散發出一片綠瑩瑩的光芒。這個光芒雖然不是很亮，但是卻如同月光一般，照得地道裏一片清朗。

借著這個清朗的光芒，我們再次抬眼去看四周石壁上的那些藤蔓，發現那些藤蔓果然都不動彈了。我們這才鬆了一口氣。

鬍子喘了一口氣，轉頭看著姥爺手上的圓球，不由得說道：

「老爺子，你這夜明珠個頭兒有點大啊。沒想到你還有這種寶貝。」

「放屁，你以為夜明珠這麼好得到的？虧你還在山上跟那兩個老怪物學了這麼多年的道，居然連這個東西都不認識，這叫雞卵夜光石，是一種很稀罕的玉石而已。」姥爺斥責道。

鬍子尷尬地訕笑了一下，嘟囔道：「那兩個老怪物可沒什麼寶貝，我怎麼會認識這些東西。」

「這個東西可以照亮，不過要拿棍子挑高了，效果才會好些，你的擀麵杖正好用得上。」

鬍子伸手把夜光石拿過來一看，發現夜光石是打對穿的，中間有個孔，裏面繫著一根絲帶，他眯眼笑了一下，把夜光石綁到擀麵杖頂上，高高地舉起來，滿臉歡喜道：「搞定了，這就是移動的燈檯，你們趕緊以我為核心靠近。」

我沒去理他，過去扶了姥爺，準備繼續前進。

趙山彎腰把腳上的另外一把匕首抽了出來，倒握在手裏，又把工兵鏟也拿出來提在手裏，這才對鬍子說道：「你挑著燈照亮，跟在我後面，我打頭。」

「好說，您請。」鬍子點頭蹭到趙山背後，舉起了夜光石，為他照亮。

趙山冷哼了一聲，說了聲「跟上」，就微微彎腰弓背，一步步走進甬道另外一頭的石門裏去了。

一陣陰冷潮濕的寒風，混合著淤泥汙臭撲面吹來，吹得人直打寒戰。

我走進石門，抬眼一看，不由得有些愣了。夜光石清朗的光芒照耀之下，我們放眼看去，卻看到了深山密林裏的沼澤地一般的情景。

在巨大地下石室的四壁以及頂壁，甚至地面上，幾乎全部都密佈著鬼藤蛇蔓。

那些鬼藤蛇蔓粗細不一、縱橫交錯，如同蛇一般扭纏在一起，把石壁的本來面目都遮住了。

那些藤蔓上面很少有葉子，偶爾有一兩片灰黑色的、巴掌大的枯葉一般的葉子，除此之外，就是張牙舞爪的觸手了。石室中央靠後的位置，卻是一片黑色的水面。

水面掩映在藤蔓層中，看得不是很清晰，但是也隱約看到幾根極為粗大的藤蔓都是從水邊延伸出來的，因此，可以推測出，這個水池就是這些藤蔓的根基所在。

石室裏面冷風陣陣，看樣子是還有其他出口，只不過不知道在哪裡，夜光石的光線太暗了，不能把石室全部照亮。

我們掃視了一番石室，接著不由得對望了一眼，心裏多少鬆了一口氣，現在的情況顯然比我們預計的要好得多，進來之後，還沒有遇到什麼怪異。

不過，就在我們正在慶幸的時候，卻不想突然一陣陰風吹過，接著就看到不遠處靠近水池的地方，突然燃起了一溜火焰。

「操，鬼火！」鬍子低呼了一聲。

「怕什麼，磷火而已，有什麼好驚訝的，這裏都是屍骨，沒磷火才奇怪呢。」趙山彎腰四下看著，「小心一點，鬼猴子恐怕不止一隻，小心牠們再來偷襲。」

趙山這話不說還好，他這麼一說，我們就隱約看到四周那些縱橫密佈的藤蔓底下，有一些白色屍骨。那些屍骨現在經了風，都開始燃起了磷火，一時間，整個石室之中遍佈一片片詭異跳躍著的火焰。

鬼火，也叫做磷火，是一種很常見的自燃現象。這種鬼火的來源，是因為動物的骨骼中含有磷，磷的燃點非常低，在骨骼腐朽之後，這些磷暴露出來，一經風，就自燃成一片綠白色的鬼火了。在農村生活時間很長的人，多少都見過鬼火。

山裏的亂墳崗很髒，附近人家死了雞鴨牛羊，會直接扔到那裏去。這樣一來，亂墳崗裏面就算原本沒有多少裸露出來的屍骨，但是年月日久，卻也是遍地白骨了。於是一到夜晚，特別是天氣炎熱的夏天晚上，放眼望去，真是鬼火片片。

對於鬼火，我倒不會恐懼。可是，現在看到四周的那些鬼火，不知道為什麼，心裏總有些隱隱的擔憂和驚慌，似乎那些鬼火真的會過來燒我一樣。鬍子和趙山也都有些驚愕地站起身來，四下看著。

按理來說，這石室裏遍佈腐朽的屍骨，有些鬼火再正常不過了，但是，這些鬼火出現的時機太湊巧了。它們好像是專門為了嚇唬我們似的。

「他娘的，鬼火漫天啊，眼看著我們打到它們老家了，搞不過了，就弄這些東西來嚇唬我們？」鬍子從小在山林裏長大，自然也是不怕鬼火的。

「什麼情況？到底有多少鬼火？」姥爺沉聲問道。

「遍地都是，發大水一樣的，波浪滔天。」鬍子說道。

「嗯，要小心了，這不是鬼火，是陰火，這火不燒人，燒魂。」姥爺沉聲說道，「都抄起長傢伙，看到身邊有鬼火，先挑開才能走過去。你們要是覺得精神意志足夠強大，不怕燒，不挑開也可以。」

我們不由得心裏一凜，連忙都向後退去，拉開與那些陰火的距離，這才心有餘悸地抹了抹額頭上的汗，慶幸自己沒被那些陰火燒到。

「也不知道這燒魂的滋味是啥樣的。」鬍子咂咂嘴，疑問了一句。

「你想嘗嘗就跳上去試試唄，你放心，等下你就算被燒得神志不清了，我也會像你先前幫我那樣幫你的。」我恨恨地對鬍子說道。

鬍子知道我是說他拿工兵鏟柄子砸我的事情，不由得訕笑一下，低聲道：「喂，還好兄弟呢，這麼小氣，你小子不是也把我打暈過麼？我可沒有怪你啊。」

「滾，我那是無意的，而你小子是存心整我的，以為我不知道你使壞？」我瞥眼瞪了他一下。

「不要分心，注意了。」姥爺提醒道。

「怎麼了？」鬍子緊握擀麵杖，很緊張。

「你緊張啥？有情況也是我們來對付，你就是個燈檯，有你什麼事情？」趙山向前走了一步，一邊彎腰向前看著，一邊撇嘴說道。

鬍子不由得兩眼鼓鼓的，轉身對姥爺道：「老爺子，我也要戰鬥的，你不能讓我做燈檯，讓外人出風頭。」

「你給我安分點，站到我身邊來，等下有的是表現的機會。」姥爺伸手把他拉過去，「別光顧著挑燈了，傢伙也拿好了，等下記得護住我身後。」

「好咧，老爺子您瞧好吧，有我這大力金剛在，保證您萬無一失。」鬍子興奮地抽出工兵鏟，護到姥爺身後。

姥爺非常警覺地四下聽著，手裏的陽魂尺和旱煙袋都緊緊地攥了起來。我這時候也一手拿著工兵鏟，一手捏著陰魂尺，警醒地嚴陣以待。

我們靜靜地等了半天，周圍卻愣是什麼動靜都沒有，於是面面相覷，不知道怎麼辦才好了，不由得一起回頭看著姥爺，等待他的命令。

就在我們回頭的一瞬間，只見姥爺突然一揮手道：

「來了！」

我們還沒有反應過來，就聽到腦後傳來一陣急促的涉水聲，我們扭頭看去，赫然看到一大群陰靈鬼猴幾乎憑空出現，齜牙咧嘴地大叫著，正向我們急速奔騰過來。

我粗略估計了一下，發現那些鬼猴居然足足有一兩百隻！這麼多鬼猴，就算手裏有槍都不好對付，更何況我們現在還沒有槍呢？

我不由得心裏一緊，首先想到的就是趕緊向後撤，守住出口，然後和牠們打消耗戰。可是，我身邊的趙山已經一聲低吼撲出去了。

這傢伙一手匕首、一手工兵鏟，飛身衝進鬼猴群中，接著左開右合，刀光鏟影，和那些鬼猴硬幹上了。

見到趙山這麼莽撞，我心裏不由得一陣焦急，也來不及多想，連忙衝了上去。

「鬍子，快護著姥爺往後退，退到門口，你把住門，別讓這些鬼東西傷到姥爺！」我一邊衝，一邊對鬍子大喊。

姥爺卻淡淡一笑，揮手阻住了鬍子，問道：

「有多少隻猴子？」

「一兩百隻。」鬍子滿心擔憂地答道。

「嗯，那不用擔心了，在這兒等著吧。」姥爺說著立在原地，就那麼乾等著。

鬍子也不好再勸，提著工兵鏟，全力護著姥爺。

我衝進鬼猴群中，揮舞工兵鏟不停拍打劈砍，護住身體，陰魂尺閃電似的戳出，將那些膽敢靠近的鬼猴都放倒在地。不過片刻工夫，我已經放倒了十幾隻鬼猴。

「唧唧——」那些鬼猴見到我的陰魂尺厲害，不敢再向前衝，卻統一行動，從地上扯起長長的藤條，向我身上抽了過來。

「劈啪，劈啪！」一聲聲脆響，藤條從四面抽來，打得我齜牙咧嘴，而我卻毫無辦法。我的陰魂尺太短，攻擊距離不夠，為難不了那些鬼猴。

我本來可以衝上去和那些鬼猴混戰，卻又擔心被那些陰火燒魂，所以，一時間，我只好被動挨打。

我護著頭，向後撤了幾步，發現趙山也陷入了和我一樣的困境，被鬼猴們當成猴子耍了。我們真是有苦說不出，氣得肺都快要炸了。

「哎呀呀，不好啦，老爺子，大同他們栽了，這些鬼東西太聰明啦，用藤條和他們對戰呢，把他們圍著打了！」鬍子擔憂地大叫起來。

姥爺皺眉沉吟了一下，出聲道：

「大同，陰尺氣場！」

我心裏「咯登」一下，立刻想起了先前的事情，連忙一閉眼，強忍著痛楚，屏氣凝神，用心感受陰魂尺裏的意念所在，經過努力，終於感觸到一絲清涼透入手心，恍惚中感覺有一個黑影飄在我的側後方。

對，就是這個感覺！抓住這種感覺，我猛然睜開雙眼，怪叫一聲，一尺揮了出去，一陣森寒氣息掃射而出，數隻迎面距離我足足有兩三米遠的鬼猴，竟然都被直接掀翻在地。

「咕唧——咕唧——」那些鬼猴滾倒在地，一陣尖叫，似乎傷得很重。

我心裏一喜，知道陰尺氣場起作用了，連忙大開大合，又是一陣揮舞，放倒了一大片鬼猴。

第四十五章

人皮面具

我不經意掃了一眼趙山那被揭開臉皮的面頰，
卻發現面頰居然還是皮膚完好的。
這是怎麼回事？我伸手揭開趙山臉上撕下來的那層臉皮，
發現了一個讓我既震驚又疑惑的情況。
原來，趙山臉上居然貼著一層人皮面具。

就在我正在暗自竊喜的時候，不想那些被陰尺氣場放倒的鬼猴，在陰火上面一滾之後，居然都再次翻身站了起來，而且站起來之後的面容神色，竟然比以前更加凶厲了，雙目之中幾乎都能噴出火來一般，全身繃得像鋼筋棍子一樣，嗷嗷怪叫著向我撲過來。

我還沒有反應過來，就眼前一黑，被一隻鬼猴撲到了臉上。

我連忙抬起陰魂尺戳出去，卻不想鬼猴竟然壓根兒不管我的陰魂尺，悍不畏死地毫不避讓。這樣一來，雖然牠被我一尺戳死了，可是，也把我的視線擋住了。後面那些鬼猴一擁而上，把我團團圍住了。

這些鬼猴凶厲殘忍，一旦近身，馬上就張開大口咬了下來。

猴子是雜食動物，所以牠們的犬齒獠牙很長很鋒利。被猴子咬一下，絕對比被狗咬一口還痛苦。我感覺後背和肩頭都被咬了，胳膊上也被咬了兩口，登時疼得大叫一聲，幾乎使出了全身力氣，猛地一掙，飛跳起來，竄出了鬼猴群。

我猛然一躍，跳起了將近兩米高，直接從鬼猴群的頭上跳過去了。

我身在空中低頭向下看時，正看到地上有一片白森森的陰火。

我心裏一沉，暗道不好，想要改變方向，但是，身在半空，沒有任何借力之處，最後只好眼睜睜地跳進那片陰火之中了。

「呼——」我甫一落地，只見陰火猛烈地燃燒起來，把我全身都包裹起來了。我被火燒得全身一陣抽搐，感覺自己似乎要被烤熟了一般，不由得大叫一聲，滿地翻滾起來。

咦？怎麼這火燒人還會疼呢？姥爺不是說這火不會燒人，只會燒魂的嗎？我這是怎麼了？難道是心理作用？我連忙屏氣凝神，儘量靜下心神，不讓邪火迷亂我的心神。這樣一來，果然感覺身上灼傷的疼痛沒有了。

我心裏暗笑一聲，暗自為自己的強大心智得意，卻不想，站起身來的時候，赫然看到我四周的那些鬼猴不見了，卻換成了一大群荷槍實彈的日本兵。

「我操，不對，不對，我又精神錯亂了，快醒醒，快醒醒！」這次，不用別人告訴我，我就知道自己又被迷了心智了。

我抬手連抽了自己好幾巴掌，想讓自己清醒過來，卻一點效果都沒有，四周那些日本兵依舊拿槍指著我，滿臉冷笑。

「操，我跟你們拼了！」

我怒吼一聲，伸手就去摸腰裏，但是一摸之下，卻發現腰間空空如也。我低頭一看，赫然發現我身上變成了一身很破爛的衣服，打著許多補丁，又破又髒。

「完蛋了，誰來救救我，讓我醒醒？」

我發現身上只背了一把鋤頭。鋤頭也可以！我掄起鋤頭，想和那些日本兵拼命，卻不想面前突然火花一閃，「砰——」一聲槍響，一槍把我的小腿打斷了。

我全身一震，翻身滾倒在地，看到右小腿被打得骨頭都露出來了，流了一大灘血，鑽心的疼痛一陣陣地衝擊著我的神經。

「這不是真的，這絕對不是真的！」我心裏大叫著，又閉上眼睛屏氣凝神，想讓幻覺消失。

可是，這時兩個日本兵走了上來，用繩子把我反綁起來，接著就一路把我向前拖去。

我微微睜開眼睛，發現四周灰濛濛的一片，我被拖到了一個廣場上，廣場上立著一排木樁子。

日本兵把我反綁到木樁子上。我抬頭向前面一看，廣場上站了一大堆日本兵，好笑的是，他們看著我的時候，臉上竟然都是害怕的神情。

「哈哈哈，來啊，來啊，我看看你們能把我怎麼樣！」我囂張地狂笑起來。

我已經豁出去了，我知道，我正在燒魂。既然是燒魂，自然就是心裏的痛。現在我所看到的一切，都是燒魂的幻覺，我想看看到底能把我的魂燒成什麼樣子。

我心說，任憑怎麼折磨我，等我醒了，還不是什麼事都沒有？我照樣要拆了你們的鬼窟，收了你們的陰魂，讓你們魂飛魄散！

有了這個念頭的支撐，我的精神變得異常強大。

我看到一個穿著制服的軍官走到士兵隊伍的前方，拿起一把帶刺刀的槍向我走了過來。

「來吧，來捅我吧！」我猙獰地大笑著，絲毫沒把軍官放在眼裏。

「嘎嘎咯——」軍官走到我面前五米站定，端起刺刀槍，向我衝了過來。

我不由得一陣興奮，很想在這燒魂的狀態下，體會一番死亡的感覺。可是，讓我再次感到失望的是，軍官居然中途轉向，向我的側面衝過去。

我扭頭一看，發現我左邊的木樁子上也綁著人。軍官一刀捅死了那個人，捅完之後，就一收槍，對著後面的士兵揮揮手，讓他去捅下一個人。

那個士兵兩腿哆嗦著，兩手托著槍，站了半天也沒敢捅。軍官見狀，大怒著衝上去，對著士兵的臉連抽了十幾巴掌。那個士兵被打得暈頭轉向，只好大吼一聲，閉著眼睛，抱著槍往前衝，一下將木樁上的人捅死了。

軍官上去攬住士兵的肩膀，一路誇獎著，帶著他向我走過來。

「來吧，來捅老子，老子不怕疼，也死不了。你有本事來捅老子，老子一定嚇得你肝膽俱裂！」我還以為他們要來捅我，心裏暗想道。

可是，他們還是沒有理會我，從我面前走過去了。

「咦？」我連忙扭頭往右邊看去，也有一排木樁，每一個木樁上綁了一個人，只是那些人都被麻袋蒙著頭。

軍官把士兵帶到木樁子前面，掰著他的臉，意思是讓他從裏面挑一個。

於是他就挑選了一個，正好緊靠著我旁邊。那鬼子軍官讓他掀開木樁子上的麻袋。

士兵晃蕩著手，把麻袋掀開了，我一看，才發現那木樁上赫然綁著一個穿著碎花棉襖的女孩。那小女孩嘴巴被破布塞著，一聲都哼不出來。看樣子，也就十三四歲的年紀。

女孩見到那些鬼子軍官和那個士兵，不覺嚇得全身都瑟瑟發抖，拼命地搖頭掙扎著，卻仍躲不掉死亡的宿命。

寒風凜冽刺骨，天空烏雲猛捲，廣場上塵沙飛揚。

我不知道自己是何時流下淚來的，只知道我的視線模糊了。

我冷冷抬頭望向那群鬼魂，嘴唇咬破了，拼命地用力掙脫束縛雙臂的繩子。繩子緊緊地勒進了肉裏，很疼，但是卻讓我心裏感覺舒服了很多。

「呀——」我咬牙尖叫，猛地一用力，把手臂上的一層皮肉都勒脫了，終於掙脫了麻繩。我抬起雙手，雙臂已經皮肉盡脫，血肉淋漓。

我斜身歪倒在地上，向前爬著，爬到士兵的腳邊把他撲倒，然後一口咬到他的腮幫上，活生生地撕下了一大塊血肉。

「呸——」我一口吐掉咬下的血肉，再次張口咬了下去。

士兵已經被我驚傻了，他全身哆嗦著，睜著一雙驚恐的眼睛看著我，好半天才吃痛地反應過來，接著大聲號叫著，一把將我推開，向後逃去。

軍官面色陰沉地攔住了逃跑的士兵，遞了一把雪亮的軍刺給他，然後指了指地上的我。那個士兵哆哆嗦嗦地轉身，晃蕩著手裏的軍刺向我走來。

我半趴在地上，瞪著那個士兵，猙獰大笑著，還沒等他靠近，就兩臂撐地飛撲了起來，一把抓住了他握著軍刺的手腕，用盡全力往他懷裏一按，將軍刺插到他小腹裏去。

「撲——」刺刀貫穿了軀體。我接著把刀一拔，銜在嘴裏，然後就向軍官爬過去。

我如同一條泥鰍，如同一條蛇，瘋狂地向前爬著，只想一刀將那個軍官扎個透心亮。

「哈哈哈哈！」軍官卻瘋狂地大笑起來，緩緩地從胯上將一把長長的武士刀抽了出來，滿臉不屑地向我走過來。

我抬頭看著軍官，發現他尖嘴猴腮、小鬍子、目光陰冷，一臉凶煞相，心裏更加憤恨，大吼一聲，用盡全力從地上一躍而起，手裏的軍刺向他的大腿刺了過去。為什麼刺的是大腿？因為我當時已經斷了一條腿，壓根兒就跳不起來，一條腿加上兩條胳膊的力氣，只能飛起這麼高。

軍官一聲冷哼，向旁邊一閃，躲過了我的刺刀，接著他雙手掄起長刀，猛力劈了下來。我連忙揮舞刺刀去擋。

「噹——」一聲脆響，我手裏的刺刀崩飛出去，腰上一陣鑽心的疼痛傳來。長刀餘勢未消，直接斬到我的肚子上了。

「撲哧——」我的肚皮被橫向割開一條二指寬的血口子，腸子立刻翻了出來。我只覺得一陣劇痛從腹部傳來，接著全身的力氣好像被抽走了一般。我仰面朝天躺在地上，兩眼看著天空，直視蒼穹的盡頭。

我不知道自己為什麼還沒有死，或許，是因為我的心還沒有死吧。

我微微側眼，便看到那個低垂著頭，業已被刺死在木樁上面的女孩。

「咯——」我嗓子裏咕囔出一個聲音，緩緩抬手，想爬起來，突然間，卻有無數腳掌踩踏在我的身上。

我閉上了眼睛，等待著死亡來臨。

不知道過了多久，我突然發現風聲沒了，睜眼一看，發現自己又回到了陰冷的地下石室之中。

髯子正單肩半馱著我，手裏舉著夜光石，警覺地看著四周。髯子的旁邊，姥爺凜然而立，一手陽魂尺、一手陰魂尺。再看前方，趙山依舊被圍困在鬼猴群中，還在苦苦支撐。看向四周，依舊是陰火遍佈，鬼猴逡巡。

我醒來了，沒有死，但是依舊感覺雙臂血肉脫落，肚皮被斬開了，腿也斷了一條。

「我，我，昏了多久？」我掙扎著問髯子。

「還能多久，你剛掉進去，我們就過來救你了，不然你以為你能留下全屍？那些鬼猴不把你撕碎了才怪。」髯子沉聲說道。

我心裏一驚，暗嘆夢裏感覺時間那麼漫長，但是現實中卻只是過了幾秒鐘。不過，我隨即釋然，知道這就是燒魂的效果。陰火燒的是人的靈魂，所以不管是什麼樣的恐怖場景，都會在一瞬間發生。

「大同，還記不記得我和你說過的話？」姥爺背對著我，沉聲問道。

「什，什麼？」我疑惑地問道。

「陰尺剋人，陽尺剋鬼，陰陽結合，可比真神！」姥爺朗聲道，「你們兩個仔細看了，今天我就讓你看看陰陽融合的厲害！」

我連忙抬頭看去，只見姥爺緩緩抬起雙臂，接著兩手互相畫圓，雙尺一震，對著那些包圍趙山的鬼猴一晃，冷喝道：

「震魂攝魄！」

「唧唧呀呀——」隨著姥爺的一聲冷喝，那些圍著趙山的鬼猴突然都像得了失心瘋一般，雙手抱頭，在地上亂竄亂跳起來。

這一招解了趙山的困境，接著，姥爺腳底生風，飛身衝進了鬼猴群中，雙尺連續揮出。

「剋魂殺！」姥爺用陰魂尺虛空一點一隻鬼猴，將那隻鬼猴殺了。

「點魂散！」姥爺另外一隻手緊跟著抬起，陽魂尺再次虛空一點，鬼猴微微顫了一顫，魂魄被擊散了。

「剋魂殺！」「點魂散！」姥爺立身場中，連聲呼喝，雙尺翻飛，連續點出，一下子就放倒了一大片鬼猴。

那些鬼猴經過陰陽雙尺的連番攻擊之後，就算再被那些陰火燒了，也沒有再復活過來了。

讓我想不通的是，姥爺怎麼能夠這麼精準地摸清那些鬼猴的位置呢？

我微微瞇眼向姥爺看過去，看到姥爺身體周圍竟然隱隱地籠罩了一層金色的氣場。那個氣場猶如觸角一般散開，代替了姥爺的眼睛，摸清四周的狀況。那些鬼猴的位置，因此變得清晰可辨。

我不由得佩服姥爺的高深道行，不禁在心裏猜想，如果當年姥爺沒有遭遇那些變數的話，不知道現在將是怎樣一個叱吒風雲的傳奇人物。

我又想起上一次姥爺對付狐狸眼的事情。那時，姥爺似乎也釋放出了這樣的金光，那次之後，姥爺就月月發病，每況愈下。現在姥爺又爆發出了金光，這說明了什麼？

想到這些，我抬眼看著身影翻飛、正在全力誅殺鬼猴的姥爺，不由得淚眼迷濛了。

這時，我終於明白姥爺為什麼執意要來這個和我們沒有任何關係的凶煞之地了。他這麼做，真的就是為了讓我們得到歷練。

姥爺應該是覺得自己撐不了多久了，所以想在最後的時間裏，陪著我們實戰一回，積累經驗，開開眼界。姥爺這是拿他的命在力拼，他為了培養我，不惜把自己的性命都拼上了！

「姥爺！」我不禁大哭出來，奮不顧身地向姥爺跑過去。可是，此時燒魂的後遺症還沒有消失，我才跑了一步，腿一軟，一下子就翻身倒在地上了。

幸運的是，此時我的附近並沒有陰火，我倒下之後，身下只有一大片縱橫交錯的鬼藤蛇蔓，所以我沒有再次被燒魂折磨。

那些鬼藤蛇蔓如同爬山虎一般，緊緊地抓著地面，原本是非常結實的，但是由於我前衝的速度太快，因此這麼往地上一趴，雙臂不由得就伸到鬼藤蛇蔓底下去了。

我趴倒之後，跟著想翻身爬起來，可是，就在我正要起身的時候，鬼藤蛇蔓底下的手指卻不經意地碰到了一個硬梆梆冰涼的東西。

察覺到那個東西，我心裏一陣好奇，連忙坐起身，扒開身前的那層鬼藤，把那個東西拿了出來。

那是一塊很厚實的正方形鏡子。我兩手抓著玻璃鏡框的兩邊，鏡面正對著我的臉，我看到裏面恍惚映出了一些影子。由於光線太暗了，我看得不是很清楚，而且鏡面上也沾滿了泥巴。

「你感覺怎樣？老爺子說了，燒魂之後，雖然身體都還是好的，但是受傷的感覺一點兒也不會比真正受傷少。這陰火燒的是人的神經系統，你現在傷得很重，最好不要亂動。」鬍子跟了上來，把我從地上拉了起來。

我點頭苦笑了一下，靠著他站了起來。

「發現什麼寶貝了？」鬍子看到我手裏的鏡子，好奇地問道。

「一面鏡子，大概是那些鬼魂丟下的。」我隨手就要把鏡子丟出去。

「等等，讓我看看，這鏡子背面好像有一張人相。」鬍子抬起夜光石，彎腰去看鏡子的背面。

「有人相？」我把鏡子翻過來一看，赫然看到一張人臉正在對著我瞇眼奸笑。那人臉尖嘴猴腮、小鬍子，眼神陰翳，面相凶煞——正是那個軍官！

「哎呀——」我還以為這個鬼東西又作怪了，驚得全身一顫，兩手一鬆，把鏡子丟到地上。

「噹啷——」一聲脆響，鏡子跌在石地上，碎成了好幾塊。

「你幹嘛？面相很可怕嗎？」鬍子滿臉疑惑，彎腰從地上撿起一塊比較大的碎片，在手裏翻看著說，「這工藝水準還挺高的，是一塊雙面夾層的鏡子，這相片是直接印在鏡面後面的鍍銀層上的，又用玻璃嵌住了，所以這麼多年了，這張相片還保存得這麼完好。」

「你知道他是誰嗎？」我沉聲問道。

「管他是誰，反正不是好人。」鬍子隨手丟掉鏡子碎片，撇嘴說道。

「我猜測，咱們這次真正的敵人，就是他。」

我微微轉身向石室底部的黑色水池看過去。水池上面氤氳著烏雲一般的黑氣，黑氣之中，此時似乎有一張一模一樣的人臉正在看著我，挑釁一般地冷笑著。

「咯吧吧——」我冷眼看著黑氣，不由得握緊雙拳，十指關節響動，全身血脈賁張。

方大同，你不能再這麼懦弱下去了！你看看人家鬍子，人家沒有學過什麼鬼事，但是人家慫了嗎？再看看人家趙山，一個二門沒開的人，什麼陰陽鬼事都不懂，不也一路衝過來了嗎？人家何曾退縮過？你再看看姥爺，老人家一大把年紀了，但是為了你，拿性命在拼！如果你再這麼慫下去，能對得起他的一片苦心嗎？

我緊咬著牙關，緩緩轉身，強忍著身上的劇痛，硬生生地邁步向前走出去。

奇怪的是，我身上的疼痛，如同腿腳坐久了麻木的感覺一般，這麼硬生生一走，居然隨即消失了，全身都恢復了知覺。

「呀——」我舉起雙臂，大叫一聲，向姥爺跑過去，想代替姥爺，讓他不要再拼命了。

姥爺已經把那些鬼猴大致都消滅了，只剩下幾隻比較刁鑽的還沒有誅殺。姥爺閉目側耳站在場中，一身威風凜凜之氣。

趙山此時早已脫險，不過，他似乎被姥爺的奇異身手嚇到了，這會兒怔怔地蹲在角落裏，一動不動地看著姥爺。

「姥爺，讓我來吧，你休息一下，剩下的這幾個畜生，我來收拾就行了。」我對姥爺說道。

「再等等，別出聲。」姥爺緩緩轉身面向水池，眉頭緊皺起來。

一陣怪風猛地從石室後面湧出來，接著一股腥臭氣息撲面而來，黑水池後面傳來一陣低沉的「啪啪」踏水聲，一個巨大的黑色身影發出「吼吼吼」的低沉怪叫，緩緩地從陰影中走了出來。

我們三個人幾乎同時從地上跳了起來，湊到了一起。

「什麼東西，這麼大？」鬍子低聲問道。

那個東西確實很高大，至少有三米高，而且很粗壯，渾然是一座黑色的鐵塔。

最讓我們感到奇怪的是，那個東西居然是人形，還是兩腿著地走路的。

不管牠是什麼玩意兒，對我們來說都是一個極糟糕的情況。牠這麼大的個頭兒，有誰能夠搞得定牠？

「呼啦——」那個鬼東西開始涉水，如同一座山一般向我們壓過來。

「快快，抄傢伙，準備開戰，我操！」鬍子急得渾身冒火，嘴裏不停低聲罵著。

我連忙把工兵鏟抽出來，冷眼看著巨大的黑影，準備和牠硬拼。

趙山這時卻棄了工兵鏟，倒攥了一把匕首在手裏，微微彎腰蹲在地上，單手撐著地面，擺出了一個起跑的姿勢，那模樣，明顯是想要衝上去和那個巨怪近身搏鬥。

「你們都讓開，這是巨型山魈，現在已經變成陰靈了，不是那麼好對付的。這畜生體大臂長，行動敏捷，被牠拍一下就會粉身碎骨，還是讓我來吧。」姥爺的聲音響起。

姥爺說完之後，抬腳緩緩地向巨型山魈走了過去，但是還沒走出兩步，他卻突然一陣劇烈的咳嗽，接著手捂著胸口，向後跌去。

「姥爺！」我一聲驚呼，衝上去一把扶住姥爺，焦急地問道：「你怎麼了？」

「沒事，沒事，體力有點透支了，讓，讓我喝口水，緩口氣，馬上就好。」姥爺半躺在地上，喘息著說道。

鬍子連忙把水壺擰開，餵姥爺喝水。姥爺喝了幾口，就要再次起身，卻再次往後一跌，一時沒能起來。這時，巨型山魈已經蹚過水塘，爬上了岸，向我們飛撲過來了。

趙山一轉身，冷哼一聲，飛躍了出去，整個人凌空而起，手裏的匕首向那鬼東西身上扎了過去。「撲哧——」一聲悶響，匕首插在鬼東西的肩窩裏。

趙山兩手緊抓著匕首的把子，墜在巨型山魈身上。

「嗚哇——」一聲震動地面的怒吼聲，巨型山魈吃痛，張開巨口大叫著，粗大的長臂揮舞起來，一把抓住了趙山的胳膊，將他甩飛了出去。

「呼——」趙山從我們頭上飛了過去，「咕咚——」一聲，重重地跌到地上，老半天都沒有爬起來。

「完蛋了，好像是臉著地的，這下死定了。」鬍子說道。

「你守著姥爺，我來對付這鬼東西！」見到巨型山魈越逼越近，我起身提起工兵鏟，就要去迎戰。

「等一下！」鬍子一把將我拉住了，把挑著夜光石的擀麵杖往我懷裏一塞，自己抄起工兵鏟，一邊衝一邊喊道：「娘的，自從進了這裏，就你們出風頭了，老子都還沒表現呢，看老子怎麼砸爆這個畜生的頭！」

我只好將姥爺扶起來，急速地向後退去，來到趙山跌倒的地方。

「趙山怎麼樣了？」姥爺喘息著盤膝坐下來，擔憂地問道。

「不知道，我先看看。」我彎腰去查看趙山的情況。

趙山此時面朝地下趴著，身下壓著一大片鬼藤，一點聲息都沒有，好像昏過去了。我扳著他的肩膀，將他翻過身來，舉起夜光石一照，不由得心裏一震。

我看到趙山的臉居然被撕下了一大塊臉皮。臉皮從右邊額角一直撕扯到左邊面頰，幾乎覆蓋了大半張臉。撕下來的臉皮耷拉在他左邊臉頰上，如同一片荷葉一般。

我心裏一沉，暗道不好，以為趙山要面目全非了。可是，我不經意掃了一眼趙山那被揭開臉皮的面頰，卻發現面頰居然還是皮膚完好的。

這是怎麼回事？我又是一愣，伸手揭開趙山臉上撕下來的那層臉皮，發現了一個讓我既震驚又疑惑的情況。原來，趙山臉上居然貼著一層人皮面具。

也就是說，從我們第一眼看到趙山開始，所看到的面容就是假的。他沒有用真面目示人。但是，他為什麼要這麼做？

我不由得小心翼翼地將趙山臉上的人皮面具撕了下來，低頭一看，一張熟悉的面孔映入眼簾。

「鐵子?!」我不由得低聲叫了出來。

「怎麼了?」姥爺疑惑地問道。

「哦，沒，沒什麼。」我連忙回了一句，又看著地上的趙山。這時，我心裏的感覺真是複雜到了極點，想不通鐵子為什麼不用真面目和我相見。

「他怎樣了?」姥爺又問道。

「哦，沒，沒事，就是昏過去了，等下應該就會好了。」我連忙回答，同時小心地將那層人皮面具幫「趙山」，也就是鐵子戴好，這才去看鬍子的情況。

「哇喀喀——娘的，來啊，來啊!」鬍子大呼小叫著，他雙手攥著工兵鏟，上躥下跳地和巨型山魈周旋著。

山魈原本是山裏的靈物，體大臂長，行動迅速敏捷，是一等一難對付的。就是兇猛異常的老虎，遇到這種野獸也要退避三舍。現在這個巨型山魈更是一個恐怖的陰靈，兼具陰靈悍不畏死的凶氣。

雖說牠先前被「趙山」偷襲，中了一刀，現在肩窩上還露著匕首把子，但是畢竟牠體型巨大，被匕首刺了一刀，壓根兒就不算什麼，反而更激起了牠的凶性，更加狂暴難纏了。

「吼吼，嗚哇——」巨型山魈緊皺著臉皮，張開大嘴大吼著，非常凶厲地看著上躥下跳的鬍子，長大的前肢猛然揮出，如同兩根巨大的棒槌，凌空向鬍子砸過去。

鬍子知道厲害，不敢硬接，連忙翻身一跳，躲開了。

「砰——」一聲巨響，巨大的雙拳重重地砸到地面，震得整個石室都晃了幾晃。

「我操！」鬍子回頭去看巨型山魈雙拳砸下的地方，發現石地上被砸出了一個淺淺的石窩，不由得向後急速後撤了十幾米，這才敢停下來，身上已是汗水淋漓了。

我還從來沒見過鬍子如此緊張，不由得很擔憂。

「小黑怎麼樣了？」姥爺也擔憂地問道。

「估計撐不了多久，那個怪物太凶了。」我擔心地說。

「哎，看來咱們得撤了，這一趟算白來了，不行啦，都怪我這身體不爭氣啊，終究還是沒能撐住。」姥爺嘆了一口氣。

我滿心慚愧，臉上火辣辣地發燙。

「不用撤，正主到現在還沒見著影子呢，怎麼能這樣就走呢？」我彎腰將挑著夜光石的擀麵杖塞到姥爺的手裏，說道：「我去除掉那個畜生。」

「要除掉牠，光用陰魂尺是不行的，陰火燎原，就算你殺牠一百次，只要不能滅魂，照樣還會詐屍的。」姥爺皺眉說道。

我一愣，隨即牙一咬道：「陽魂尺我也拿著。」

「我估計你現在還拿不起來，且不說你沒什麼道行，就說你這心性，憑空都能被陰氣迷魂，更不要說這陽魂尺的凶厲了。你就算強行拿了，弄不好也要被反噬的。萬一心性徹底亂了，反而得不償失。」姥爺捏了捏手裏的陽魂尺，沒有遞給我。

「不試一下，怎麼知道就一定不行呢？」我更加有些羞惱，情急之下，直接從姥爺手裏把陽魂尺抽了過來。

第四十六章

定時炸彈

那個東西黑乎乎的，拖出來的時候，還在「滴答滴答」地輕輕響著。

「嘿嘿，竟然是個鬧鐘。」鬍子失聲一笑，上前就要拿起來。

「不要動！」趙山斷喝一聲，面色蒼白地說：「是定時炸彈。」

「嗚嗚嗚，哇哇哇——」

陽魂尺一入手，我只覺眼前突然一黑，一瞬間四周陰風陣陣，整個人似乎處在虛空之中，無數黑面獠牙的鬼魂一起呼號著向我撲了過來。它們撲到我的身上，撕咬我的皮肉，挖我的眼睛，啃我的骨頭……

萬蛇嗜咬般的劇痛傳來，皮肉筋骨也如同觸電一般抽搐起來，我就像熱鍋裏的泥鰍一般，一下子滾倒在地，翻滾號叫了起來。

「哎——」

我耳邊傳來了一聲嘆息，接著只覺手掌一鬆，陽魂尺滑脫了。低頭看時，發現姥爺又把陽魂尺收回去了，而我依舊站在原地，一動都沒動過，陽魂尺自從入手到現在，不過就幾秒鐘時間。

「姥爺，我真沒用！」我滿臉火燙，無比慚愧地低下頭，真想找個地縫鑽進去，心裏真是恨死自己了。

「不是你沒用，只是你還沒有開悟。」姥爺淡淡地嘆了一口氣，接著問我，「知道我為什麼非要把陽魂尺也傳給你嗎？」

我不由得心裏一動，有些疑惑地問道：

「對啊，為什麼非要傳給我？其實，我覺得你也可以把它傳給鬍子啊，以鬍子的心性，肯定可以拿得起這把尺的。」

「能拿起來，就可以傳嗎？」姥爺淡笑一下，「這把尺，如果只是能夠拿起來，其實是沒有什麼用處的。只要是心性簡單的人，都可以拿起這把尺。但是拿了這把尺，能夠收魂辟邪嗎？他們能看到那些髒氣嗎？他們能夠發揮這把尺的作用嗎？我之所以非要把這把尺傳給你，就是因為你靈性高，天眼未閉，可以最大限度地發揮這把尺的作用。所以，這把尺除了給你，不會傳給第二個人。」

「可是我一直拿不起來，怎麼辦？」我自責地說。

「怕什麼？一時半會兒拿不起來而已，不要因為這點小挫折就氣餒了。你之所以拿不起這把尺來，也正是因為你靈性太高。靈性高，對陰氣就敏感，就更容易受到影響，所以，這是互相矛盾的。靈性不高的人，拿了沒有用，靈性高的人拿了有用，但是想要拿起來卻非常困難。我們就要解決這個矛盾。」姥爺淡笑道。

「怎麼解決？」我好奇地問道。

「歷練。歷練軀體，歷練心志，所以我們才到這裏來。」姥爺緩緩站起身來，「等到你的心志足夠堅定，不懼鬼神的時候，就可以將這把尺拿起來了。」

聽到姥爺的話，我不覺恍然，總算是有些理解姥爺的苦心了。

這時，旁邊傳來了一個聲音：

「老人家，歷練心志可不是您這麼歷練的，這樣的歷練也太複雜了，我覺得呢，其實可以採取更簡單的辦法的。」

我回頭一看，才發現一直昏迷著的趙山，居然不知道什麼時候已經從地上站起身來了。

姥爺一怔，有些好奇地問道：「莫非你有更好的辦法？」

趙山冷冷一笑道：「老人家豈不聞『色即是空，空即是色』麼？方曉現在不過是心性未定而已，你又何必這麼大費周章地帶他來這麼危險的地方歷練呢？照我看，其實只用一個最簡單的方法就行了。」

「什麼方法？」姥爺問道。

「方法就是，每天正午時分陽氣鼎盛的時候，讓他嘗試著捏一捏你手裏那根尺，這樣一來，長期鍛煉，他不就既可以堅定心性，又可以拿起那根尺了麼？老人家，你怎麼糊塗了？」趙山微笑道。

「哎呀——」姥爺不覺恍然大悟，一拍大腿感嘆道，「還真是我糊塗了。哎，以前我還說『不拿刀，永遠不會殺人』，現在逼到了跟前，我反倒忘了。這次的事情結束之後，我立刻就用這個方法訓練他。我們爺孫倆還真得好好謝謝你才是。」

「呵呵，小事一樁，謝什麼？」趙山從背上抽出工兵鏟，轉身看著鬍子說道：

「先不說這些了。現在關鍵是要把這裏的事情妥善解決，不然的話，還真是白來一趟了。」

「哎，我也是這麼想的，但是現在我的身體不行了。接下來恐怕幫不了多少忙了。」姥爺不無感嘆道。

「嘿嘿，沒關係，老人家您是高人，壓陣就行了，其他事情還是交給我們這些晚輩吧。好啦，鬍子有些支撐不住了，我去助他！」

趙山飛身衝了上去，和鬍子一起迎戰巨型山魈。

這時，鬍子正被巨型山魈逼迫得四下亂竄。由於擔心踩到那些燒魂的陰火，他的騰挪空間受到了很大限制，正渾身冒汗，滿臉焦急。趙山的加入，自然是緩解了他的壓力，他脫口而出道：

「好兄弟，來得好！」

趙山嘿嘿一笑，也不答話，舞起工兵鏟與他呈犄角之勢，一起包夾巨型山魈。

「嗚啊，吼吼吼——」

巨型山魈原本就已經因為抓不到鬍子而怒不可遏了，現在見趙山也加入了進來，不覺更加暴戾，發出一陣震地的嘶吼之後，居然四肢著地，弓腰在地上「咕咚咕咚」地飛奔起來，左衝右突，如同推土機一般，所到之處，掀起漫天塵泥，勢不可擋。

趙山和鬍子臉上變色，嚇得連連後退，只能站在遠處吆喝著，壓根兒不敢上去硬拼。我看著兩人被壓制成這個樣子，不覺心裏焦急，也顧不得許多了，一跺腳，捏著陰魂尺就衝了上去。

我一邊飛奔，一邊感觸手裏陰魂尺的意念，不覺渾身清爽，絲絲涼氣透心，恍惚中感覺一個巨大的黑影立在身後，給了我巨大的力量。

「該死的畜生，吃我一尺！」

我飛奔到巨型山魈面前，飛身躍起，凌空一尺向牠頭上劈去。一道肉眼無法察覺的陰冷氣場揮灑而下，將這個怪物全身都籠罩了起來。

「呼哈——」巨型山魈原本正在狂暴發狠，此時全身一滯，大張著嘴，一雙圓眼空洞地望著前方，陷入了癡呆狀態。

見巨型山魈突然癡呆了，鬍子和趙山對望一眼，都有些疑惑，隨即左右一齊飛躍起來，兩把工兵鏟劃著巨大的弧度，一起向著巨型山魈的腦袋上砍下去。

「喊喳——」

「喊喳——」

兩聲鈍刀割肉的響聲傳來，工兵鏟一下砍在巨型山魈的腦袋上，將牠的頂瓜皮削下了一大塊，露出了白森森的額骨，頓時灑下一大片黑血，另外一鏟則鏟到巨型山魈的脖頸上，砍開了一大道血口子，呼呼噴血。

「嗚啊，吼——」巨型山魈正在發呆，突然吃痛，不覺一聲大吼，暴怒地從地上一跳兩丈高，如同一座山一般，向鬍子身上撲過去。

鬍子這時想要收身撤退已經來不及了，只好就地翻滾，險險地躲過巨型山魈的踐踏。卻不想他這麼一滾，正好滾到了一道陰火之上，他立刻號叫一聲，扔了工兵鏟，雙手抱頭在地上打起滾來。

見鬍子被陰火燒了，我不敢猶豫，抬腳就向他衝了過去，想將他救出來。

「你去擋住那個畜生，我來救他，你手裏的傢伙不夠長！」趙山的聲音在我後面響起。

我一愣，連忙翻身去阻擋巨型山魈，趙山飛奔過去，拿起手裏的工兵鏟，飛快地鏟著地上的陰火。

「吼吼吼——」巨型山魈一擊未中，落地之後，正在劇烈喘息著，冷眼望著我們，心裡一定把我們恨死了。

我心一橫，一咬牙，再次向巨型山魈衝過去，凌空又是一尺劈出。

沒想到，這次巨型山魈似乎知道這把尺的厲害了，竟然飛身一躍，躲過了我的陰尺氣場，翻身從側裏一個騰挪，向趙山和鬍子撲過去。

「小心！」我心裏不覺一沉，連忙大聲提醒他們。

趙山急得兩眼圓睜，大叫一聲：「我操！」連忙掄起工兵鏟，向巨型山魈頭上砸去。但是，此時巨型山魈有備而來，又怎麼會把他放在眼裏？

只見巨型山魈粗壯的手臂一抬，貼地橫空一掃，已經將趙山連同他手裏的工兵鏟都掃飛出去了。

「咕咚——」趙山猝不及防，身體凌空飛起兩三米高，接著重重地跌到地上，好半天都沒能爬起來。

巨型山魈並沒有繼續追擊趙山，反而一停腳步，抄手將地上的鬍子從陰火堆裏拎了起來。

我驚得額頭瞬間暴了一層冷汗。情況很明瞭，巨型山魈力大無比，徒手可以掰斷牛角，現在鬍子被牠抓住了，如果不能及時救下來的話，可以想像得到恐怖的後果。

「住手！」我一聲暴喝，也不知道哪裡來的力氣，原地一跳三米多高，箭一般向巨型山魈衝過去，人還沒到，手裏的尺已經向前戳出，猛地捅到巨型山魈的肩膀上了。

「咕咕咕——」巨型山魈的身體晃蕩了幾下，鬆手將鬍子丟到了地上。

我飛身落地，又抬起手裏的尺一陣瘋狂的捅插，幾乎要把巨型山魈給戳爛了。

「撲通——」那山魈被我這麼一通亂捅，終於挨不住了，全身一軟，仰面向後躺了下去，正好壓在一片陰火上。

我不覺一驚，心中暗道不好。

「大同，接住！」這時，我背後一聲大喝傳來，回頭一看，姥爺正側耳向我這邊聽著，抬手將手裏的陽魂尺向我飛擲過來。

我先是一愣，隨即明白姥爺這是要考驗我。我飛身接住陽魂尺，不管三七二十一，抬手就向巨型山魈點去。

「吼呀呀呀，哧哧哧——」陽魂尺戳中了巨型山魈的肚皮，牠巨大的軀體劇烈地抽搐起來，我清楚地看到一大股氤氳的黑氣都被陽魂尺吸了進去。

「呼呼呼——」我的耳邊又傳來一陣陰冷的風聲，眼前的景象開始變幻，一道道黑面獠牙的鬼影開始在眼前浮現。

「嘿！」幸好我還保持著一點點理智，不覺撒手把陽魂尺丟到了地上。

將陽魂尺丟下之後，我頓時感覺輕鬆了許多，低頭往地上一看，這才發現陽魂尺的尾端包著一層草紙，草紙上還有許多符文。

「不錯，貼了一層鎮魂符之後，總算可以拿住一會兒了，有進步。」姥爺緩步走過來，彎腰從地上撿起陽魂尺，一邊拂拭著尺上的草紙符，一邊含笑對我說道。

陰冷潮濕的地下石室中，此刻一片狼藉。到處都是鬼猴的屍體，中間的鬼藤蛇蔓之中，則躺著巨型山魈的屍體。地面上和四周石壁上，還是爬滿了鬼藤蛇蔓。那些鬼藤蛇蔓之中，還有許多陰火沒有清除，正在白森森地燃燒著，如同鬼臉一般，不停跳動著。

大戰方歇，我們都驚魂甫定。

趙山被巨型山魈一掃摔得不輕，也不知道有沒有受傷，這會兒正坐在地上，抱著工兵鏟，悶頭喘息著。鬍子則躺在巨型山魈身邊的一片陰火上，不停地抽搐號叫著。只有姥爺十分淡定，微微含笑站著，一手舉著夜光石，一手捏著陽魂尺。

「鬍子！」我驚呼一聲，奔到鬍子身邊，抓著他的褲腿，把他從陰火堆裏拖了出來，接著生拖硬拽，硬是將神志不清的他拖到姥爺身邊。

我扶著他坐起來，拼命拍他的臉龐，呼喚他醒來。鬍子滿臉青紫，全身縮成一團，身體冰涼，瞇著眼睛，神志迷糊，牙齒打戰，情況非常詭異。

「姥爺，怎麼辦？翳子被燒的時間太長了，情況不妙。」我焦急地問道。

姥爺皺眉點了點頭，還沒說話，旁邊一直低頭喘息的趙山卻遞過一根清香的草葉給我道：「讓他聞一聞，很快就能清醒的。」

我有些驚疑，接過他手裏的草葉一看，發現就是給我聞過的那種草葉，不覺大喜，拿著草葉放在翳子的鼻子下面，輕掃了幾下。

翳子果然很快就鎮定了下來，沒過多久，緩緩地喘了一口氣，睜開了眼睛。

「怎麼樣？醒了麼？」姥爺走過來，關切地問道。

「醒了，只是還不是非常清醒。」我又把草葉給翳子聞了聞，直到他完全清醒了，這才順手把草葉塞進自己的口袋裏。

趙山正在整理自己的裝備，並沒有討回草葉的意思，所以，我樂得撿個便宜。

「我操！」翳子醒過來之後，先大罵了一聲，接著又加了一句：「真他娘的噁心，我居然雙腿都被砍了，然後又被丟在冰山裏，凍成冰塊啦。」

「放心吧，你的腿還在。」我調笑他道。

「我知道沒掉，但是現在還是覺得疼啊，完全感覺不到雙腿，這怎麼辦啊？」

翳子想爬起來，結果慘叫一聲又趴下了，他恨恨地拿拳頭捶腿，「我操，我操，完全麻了，完全麻了，我操你奶奶的，給老子恢復一點知覺啊！」

我見鬍子居然也有悲催的時候，不覺心裏有些好笑，但是也深知他現在的痛苦，於是連忙把自己先前被陰火灼燒的經驗告訴了他。

「你先不要急，鎮定一下心神，然後咬牙走出一步，就可以恢復知覺了。這就像坐久了腿麻了一樣，要動一動才能恢復的。」我說道。

鬍子是個急性子，聽了我的話，一把推開我道：「早說嘛！」接著就翻身兩手趴在地上，撅著屁股爬動起來，也把雙腿動了動，沒過多久，居然也好了。

「呼呼——」鬍子心有餘悸地喘息了一下，從地上站起身來，放眼向四周看了看，「這些陰火，真他娘的恐怖，要是不清除掉，以後不知道還有多少人要遭殃，你們等著，我把它們全部鏟掉。」

鬍子撿起地上的工兵鏟就去鏟陰火。

「不必了，」姥爺把夜光石遞給我拿著，悠悠地對鬍子說道，「這都是那些屍骨接了地氣發出來的，鏟掉了，也不過是管得了一時而已，要想永遠太平，還得清除這裏的正主才行。」

「對啊，奶奶的，我差點忘了，咱們的事情還沒辦完吶。老爺子，你看接下來，咱們該怎麼辦？現在人事算是結束啦，就剩鬼事啦，這鬼到現在也沒見著是什麼樣子，那個鬼東西不會害怕了，逃跑了吧？」鬍子問道。

「接下來，我可能幫不上多少忙了，我來給你們做後勤吧。」趙山走上來，從我手裏接過夜光石，幫我們照著亮光。

「這正主很能隱忍啊。」姥爺緩緩從衣袋裏取出一大遝畫著符文的草紙，捏在手裏，對我和鬍子說道：「你們兩個，一左一右跟著我，手裏的傢伙準備好了，給我護法，等下一旦有變故，一定要頂住！」

我連忙答應一聲走了過去，扶著姥爺的胳膊，站在他的身邊，收了陰魂尺，抽出打鬼棒。

「等一下，我的傢伙還當燈檯呢，我收拾一下。」鬍子把夜光石從擀麵杖上解下來，讓趙山徒手拿著，然後丟了工兵鏟，扛著擀麵杖站到姥爺的左邊。

趙山將夜光石繫到工兵鏟的頂上，跟在我們身後。

姥爺一手晃著陽魂尺，一手漫天灑著草紙符文，一邊向前緩緩走著，一邊唱聲念起了咒語。那個咒語我也跟著姥爺學過，叫做驚魂咒，是用來引出陰魂的。

姥爺念咒的時候，我一邊跟著姥爺緩緩往前走著，一邊微微瞇眼向那個黑水池看去，就看到水池上面籠罩著的黑氣居然如同巨大的野獸一般翻騰起來，心裏不覺微微有些擔心，連忙低聲和姥爺說了。

「不急，這些紙符可不是普通符文，這都是我用血指畫的，雖然比不上當年的力量，但是至少也有五成的火候，它要想上身，那是不可能的。」姥爺淡淡一笑，繼續念咒，對我們說道：「大同，你注意盯著陰氣，有異常反應及時告訴我。你們兩個，注意看腳下。」

我們來到黑水池邊。「咪嘛哞卯——」姥爺念了最後一聲咒語，手裏剩餘的符文一揮，灑到了黑水池的水面之上。

我弓腰瞇眼看去，發現水池上方的黑氣剛一接觸到符文，一瞬間就煙消雲散了。待到那些紙符都落到水面上，黑氣居然完全沒有了。

我站直身看著那些落進水裏的紙符，發現紙符不但沒有被水泡壞，居然還像有人用手撥開一般，非常均勻地鋪滿了整個水池的水面。

「咕嘟嘟——」

水池的水面被紙符全部遮蓋住之後，池水開始不平靜了，如同燒沸的白粥一般，不停地冒出一個個炸散的水泡。

姥爺側耳傾聽著，手裏緊緊捏著陽魂尺，竟然也有些緊張。我連忙瞇眼向水面上看去，赫然發現，隨著每一個水泡出現，居然就有一隻黑氣氤氳的手臂從水面下伸出來。

「咕嘟嘟——」水泡越炸越多，最後幾乎將水面上的紙符全部都迸飛了，不到一個籃球場大小的水面上，佈滿了從水底伸出來的黑色手臂。

那些手臂一個個像乾樹枝一般向上伸著，乍一看去，就像是落水的人，正在拼命伸手求救一般。

「一二三四五六七八……」我不覺在心裏默默數著，卻發現根本就數不清，手臂實在太多了，不下兩百條，我更加緊張起來。

突然，我感到腳下濕漉漉的，低頭一看，地下居然正在流淌著黑褐色的血液，是從水池裏漫溢出來的。此時，水池裏的水已經變成了黑褐色的汙血，散發出濃烈的惡臭。

黑色汙血沸騰著，繼續向四周的地面滿溢出來。水面開始升高，不過幾分鐘時間，已經沒到了我們的腿彎。整個石室的地面，已經完全被黑血淹沒了，水面還在不停上升。

鬍子緊抿著嘴唇，一動不動地站著，臉色蒼白，顯得非常緊張。但是，沒有得到姥爺的命令，他絲毫不敢動彈。

趙山也很緊張，只是他臉上的表情變化不那麼明顯，只是嘴唇咬得比較緊。他抓著工兵鏟，舉著夜光石，不停地掃視著黑血水面，眼神焦灼。

我舔了舔嘴唇，微微彎腰，仔細看著那片蛇頭一般伸出水面的黑色手臂，監視著它們的動向。

這時，只聽「咕嘟嘟」一陣劇烈的水浪翻騰，一直晃蕩著上升的黑血水面居然停止了上升的趨勢。

「膝上三分而已，我還以為它真能淹到我頭上呢，要是那樣的話，我就真心認輸了。」姥爺淡淡一笑，對我說道，「小心看著，等下和我一起動手，注意不要太靠前，免得被拖下去。」

姥爺又對鬍子和趙山說道：「你們看不到，退後一點，有東西上身再動手。」

我繼續彎腰向前看著，水面上的黑氣劇烈翻騰，那些伸到水面上的黑手緩緩地縮進水裏去了。

我不覺一怔，還沒明白是怎麼回事，隨即發現水面上的黑氣突然如同狂暴的黑蛇一般扭動起來，同時水面上翻湧起巨大的浪頭，浪頭向我和姥爺湧過來了。那些浪頭之中，似乎隱藏了無數黑色的身軀。

「姥爺，來了！」我驚呼道。

「沒事，等再近一點！」姥爺沉聲道，緩緩抬起陽魂尺，繃緊面孔，呼吸低沉急促。

我定睛一看，又見到姥爺身上散發出了一層淡淡的金光。

「動手！」

翻騰的黑浪來到我們面前不到一米遠的時候，姥爺厲喝一聲，出手如電，陽魂尺連番點出，一下子將那些黑浪頭都打散了。

我也連忙緊握著打鬼棒，朝著黑浪頭打去。

只是，我的打鬼棒只不過能將浪頭的前進勢頭阻一阻而已，不能將浪頭一下就完全攔住。一個浪頭過來，我要連續打十幾下，才能把浪頭壓下去。這樣一來，就有很多翻騰的黑浪從我旁邊湧過去，奔向身後了。

鬍子和趙山還不明白是怎麼回事，正滿臉疑惑地看著我和姥爺的動作。

鬍子忽然大叫起來，揮起擀麵杖就朝著地上的黑色血水裏砸去，一邊砸一邊大聲叫道：「小心了，有水鬼抓腳脖子！」

此時最鎮定的人，卻是趙山。他如同一座燈塔，一動不動地站著，似乎絲毫沒有受到那些黑氣的影響。

見到趙山這個樣子，我雖然感到奇怪，但是也沒來得及多想，就轉頭繼續對付黑色血浪去了。

「嘿哈——」

這時，姥爺完全放開手腳了，動作越來越揮灑自如。只見他立身黑色血水之中，全身金光閃耀，鬚眉飄飄，衣袂帶風，手裏的陽魂尺如同長劍一般四下揮出，每次揮舞出去，都會削平一大片血浪。

那些血浪開始的時候兇猛異常，但是在姥爺的犀利壓制之下，終究是一浪不如一浪，慢慢平息下去了。

「哼哼——」姥爺也覺察到黑色的血浪沒有什麼力道了，不覺冷笑起來。

我心裏也不覺放鬆了一些，知道這場戰鬥基本上算是贏了。

但是，就在我暗自竊喜的時候，卻見一直面帶微笑的姥爺突然面色一沉，眉頭一皺，側頭抬眼，空洞地望著側面一處鬼藤蛇蔓交錯糾纏的地方，沉聲問道：

「這是，做什麼？」

我連忙彎腰瞇眼向那邊看去，看到一團濃墨般的黑氣，心裏一陣疑惑。

這時，突然一陣「劈啪！劈啪！」的拍水聲傳來，我抬頭一看，赫然發現那片被黑氣包裹著的鬼藤蛇蔓，居然如同失去了吸附力的壁虎一般，從石壁上滑脫下來，掉到血水裏了。

那些鬼藤蛇蔓脫落之後，立刻露出了蛇蔓後面的石壁。而在石壁上，居然有一個人形的黑影！

「姥爺，牆壁上有情況。」我低聲說道。

「我知道，哼，我倒要看看它到底有多大能耐！」

姥爺此時意氣正盛，隱然找回了當年的雄風，如何會把那個黑影放在眼裏？

姥爺也不用我指引，自己抬腳蹚水走到石壁面前，一揮陽魂尺，把那團氤氳的黑氣擊散了。

擊散黑氣之後，姥爺面向石壁上的黑影看了一會兒，沉吟道：

「這是什麼？我怎麼被弄糊塗了？」

我對鬍子和趙山一招手，帶著他們一起來到石壁前，向黑影看過去。距離近了，我總算看清楚黑影是怎麼回事了。

原來那只是石壁上一片陰濕的痕跡而已，奇怪的是，這片痕跡正好是一個粗略的人形，而且還是盤腿坐著的姿勢。

鬍子仔細看了看那個痕跡，發現痕跡中間靠上面位置，有一個拇指粗細的小孔，皺眉沉吟道：

「這兒有個小孔，看著像是子彈打出來的。」

「嗯？」趙山走上前來，仔細看了看彈孔，接著伸手沿著陰濕的痕跡摸了一圈，沉聲道：「這是一扇石門。」

「一點縫隙都沒有，怎麼會是石門？」鬍子疑惑道。

「沒有縫隙很正常，這種石門就像保險箱，是用來保存最重要的東西的，那些人把東西存放進去之後，為了防止別人發現，就用精細的石粉混合水泥渣縫，如果不是內行人，壓根兒就看不出來。你用手指敲一敲，聽聽聲音就知道了。」

趙山用手指敲了敲陰濕的痕跡，果然傳來一陣空洞的「咚咚」聲，如同敲鼓一般。

我和鬍子不覺都是一喜，對望一眼，二話不說，抽出工兵鏟，沿著那道陰濕的痕跡邊緣一陣撬挖，最後竟然真的找到了石粉軋的縫隙，就沿著縫隙又是一陣鏟撬，最後終於把整個石門的輪廓清理出來，這才停下手來。

「再撬一撬，基本上就可以撬開了。」

鬍子喘了口氣，抬起工兵鏟，沿著邊角的縫隙用力撬了幾下，接著又把工兵鏟尖薄的頭子插進縫隙裏，連續用力弄了好幾下，卻沒能把門弄開。

「娘的，還挺結實。」鬍子抓了抓頭髮，滿臉無奈。

「工兵鏟太薄了，撬不開的。」趙山把手裏掛著夜光石的工兵鏟遞給鬍子，一伸手從背後抽出了撬棍。

撬棍，其實就是一根鐵棍，在工地上幹過活的人，就會知道這種撬棍是什麼樣子。

撬棍，分為長短兩種，有圓形的，也有稜角形的，一根棍子就有幾十斤重，一般人想拿起來都不容易，一般只在打石頭的礦場裏才用。趙山這根撬棍是短的，而且尖端是扁頭的，正適合撬這扇石門。

我們不覺都是一喜，覺得這傢伙真有先見之明，好像知道這裏有個石門要用撬棍一樣。

「你是專門為這個石門準備的嗎？你知道裏面有這個東西？」鬍子不覺問道。

趙山愣了一下，訕笑道：「怎麼可能呢？我又沒來過這裏，怎麼會知道這裏有這個東西？我只是知道防空洞裏面都是石頭，肯定有需要撬棍的地方，所以才帶著的。」

趙山雙手抓著撬棍，將撬棍的扁頭插進石門的縫隙裏，用力往旁邊掰，「咯吱——」一陣低沉的響聲，石門被撬開了一條縫隙。

趙山鬆手喘了一口氣，把撬棍往縫隙裏捅了捅，又是一陣猛撬，最後，石門「砰——」一下被撬翻出來，掉在血水裏了。

「什麼情況？」姥爺聽到石門被撬翻的聲音，側耳問道。

「石門撬開了。」我連忙扶著姥爺。

「裏面是什麼？」姥爺皺眉問道。

我抬頭向牆上的人形石洞看去，發現石洞裏赫然坐著一具穿著日本軍官服裝的骷髏。那具骷髏原本是盤坐的姿勢，現在骷髏頭斜著耷拉在胸口。它之所以沒有完全塌下來，是因為它背後疊放著一大堆資料，成了它的靠背。

「嘿，這事有些新奇啊，這個鬼居然把自己關在石門裏等死，真不知道他是怎麼想的。」鬍子滿心好奇地笑起來。

「情況應該不是那麼簡單的。」趙山皺眉走上前，仔細地看了看骷髏，「他是被子彈打死的，你看他的腦殼上還有一個彈孔呢。」

「不可能，就算有彈孔也是死了之後才打上去的，你沒看到這個石門有多結實嗎？他既然被封在裏面了，那就是等死的。」鬍子辯論道。

趙山愣了一下，側頭向石洞裏面看了看，轉身道：

「他可以自由出入的，這個石洞側壁還有一個通道，不知道是通到哪裡去的，但是想必就是他平時出入的路。」

「這就奇了，這個鬼沒事爬到這個小石洞裏來做什麼？打坐、念經、參禪、悟道？」鬍子很不解。

我發現石洞裏除了堆滿資料外，側壁果然有一個可以讓人爬過的小洞。我回身四下看了看，發現石室四周都被鬼藤蛇蔓遮掩著，也看不出究竟，於是放棄了尋找小黑洞出口的念頭，回身對骷髏仔細琢磨了一番，不覺釋然了。

「我大概知道是怎麼回事了。」我退後一步說道，「這個石室在防空洞的最底層，是最重要的藏身地。根據我的猜測，那些軍官把重要資料藏在這裏，他們藏完資料之後，為了保住他們最高長官的性命，開鑿了一個隱蔽的小石洞，一直通到這個大石洞裏面。這樣一來，他們的最高長官就可以躲在這裏，等戰事平息後，再悄悄帶著資料離開。」

「不錯，應該就是這樣。」趙山拍手道。

「什麼不錯啊，照你那麼說，他應該在事後逃走了才對啊，怎麼反而死在裏面，變成骷髏了？」鬍子撇嘴問我。

「那是他運氣不好，正好有一顆子彈穿透了石門，打中了他的腦袋，所以他就死在裏面了。」我冷哼一聲，「這就叫人算不如天算。」

「這些資料都是非常重要的資料，而且有些腐朽了，咱們最好不要動，免得損毀了。」趙山說道。

鬍子有些好奇地伸手一摸石洞的邊沿，捏起一根細細的電線斷頭，問道：

「這是什麼？」

趙山皺眉道：「這好像是剛才我們撬開石門的時候才弄斷的，不知道有什麼用處，等下我扯出來看看。」

趙山小心翼翼地扯了扯電線斷頭，就從石洞後面的一堆資料底下拉出了一個鐵盒子一樣的東西。那個東西黑乎乎的，長約二十釐米，寬厚十釐米左右，拖出來的時候，還在「滴答滴答」地輕輕響著。

「嘿嘿，竟然是個鬧鐘。」鬍子失聲一笑，上前就要拿起來。

「不要動！」趙山斷喝一聲，小心翼翼地把鬧鐘捧了起來，緩緩轉身看著我們，面色蒼白地說：「是定時炸彈。」

第四十七章

逃出生天

我們來到了岩洞的盡頭。這是一處幾乎豎直的岩壁。

在岩壁上方十幾米高的地方，有一個微微透著亮光的小洞。

我和鬍子知道那是通往外面的出口，連忙來到岩壁下，想辦法爬上去。

「我操！」鬍子向後一跳，「定時炸彈，怎麼一直定到這個時候了？還有多久要炸？這裏是石洞啊，真的炸了，咱們都得活埋。」

「這個炸彈原本沒有開啟，剛才我們撬開洞門的時候，弄斷了引線，所以就啟動了。估計還有不到一分鐘就要爆炸了。」趙山皺眉說道，「這個東西，應該是用來自殺並且銷毀資料用的。」

「一分鐘，你還那麼多廢話！我操！」鬍子急得直跳腳，一邊大罵著，一邊扶著姥爺就往石室的出口跑，招呼我道：「大同，快跟上！」

我這才反應過來，連忙跟著跑過去。鬍子已經把姥爺背到身上了。

「沒用的，來不及了，還有幾秒鐘就要爆炸了。」趙山的聲音從後面傳來。

「快扔了，跑啊！」我一邊拼命往前跑著，一邊回頭朝趙山喊道。

趙山抬頭看著我笑了一下，沒有說話，接著反而回轉身向石室裏走了幾步，然後抬手把那個炸彈扔到黑血水池裏。

「咕嘟嘟——」定時炸彈冒了一陣泡泡，便向水下沉去。

趙山這才轉身飛快地向我們追來，大聲喊道：

「快出去，不然真的來不及了！」

我們於是更加拼命地往外衝，終於衝出了石室的出口，來到通向上層的階梯上。

這時，趙山也追上了我們，一起幫忙托著姥爺的腿，和我們一起向階梯上面爬去。

我們只爬出了幾十個階梯，就猛然聽到一陣震耳欲聾的巨大響聲從後面傳來，接著見到一片刺目的火光從後面的石室裏噴射出來，腳下劇烈地搖晃震動起來，頭上也「嘩啦啦」落下了一大堆碎石。

「轟隆——」一聲震響傳來，接著一股熾熱無比的火焰從背後的石室入口處噴湧出來，一瞬間將我們吞沒了。

我站在不停搖晃的石階上，只感覺面前一片刺目的光亮，照得我張不開眼睛，同時熱浪撲面翻滾而來，全身皮膚都被燙得火辣辣的。

趙山一躍過來，把我們都摁倒在石階上，挨過了那幾秒鐘的兇猛火焰蒸氣。我抬頭一看，頭上的頂壁已經被震裂了，正在不停地往下掉碎石，劈里啪啦的，如同下雨一般。

「壞了。」鬍子驚呼出來，兩眼發直地斜向上看著。

我順著他的視線看過去，也不覺一驚，前面的階梯甬道，竟然被一塊巨大的石頭擋住了。而且我發現這塊巨石並非是掉下來的石頭，幾乎是整個山體傾斜過來，把甬道堵死了。

我不覺在心裏叫苦，急得無可奈何。

「姥爺，咱們的退路被封死了。」姥爺卻沒有回答。

我見姥爺趴在地上，一動不動，連忙把他拉起來。只見姥爺的額角直冒鮮血，是被頭上墜下的石塊砸中了，已經昏過去了。

「姥爺！」我驚呼一聲，手忙腳亂地幫姥爺擦拭臉上的血。

「我來吧，我帶了紗布和止血藥粉。」趙山過來幫姥爺止血包紮。

鬍子焦急地看著我們：「現在怎麼辦？」

「車到山前必有路，總會有辦法的。實在不行的話，咱們只要能夠多堅持一段時間，會有人進來救咱們的。」趙山一邊幫姥爺包紮傷口，一邊安慰鬍子。

鬍子這才安靜了一些，彎腰查看姥爺的傷勢，嚇得滿臉變色：

「哎呀，老爺子這下可要受罪了。這一路本來就消耗了很多體力，現在又傷成這個樣子，而且一時半會兒咱們還出不去。要是再耗下去，估計要出事。」

我和趙山一齊瞪了鬍子一眼。鬍子立刻停下話頭，抬眼向甬道下面看了看，發現石室的入口雖然也裂了很多口子，但好歹還能進去，於是說道：

「我看咱們還是回到石室裏面看看吧，咱們在這兒不上不下的。」

我們都點點頭。我背著姥爺，鬍子在前面引路，趙山在後面壓陣，又走回了石室之中。石室裏是一片碎石亂堆的狼藉景象，頂上的石壁不知道坍塌了多少，地面上遍佈尖銳的碎石。那些碎石裏，有些地方還在著火，估計是乾枯的鬼藤蛇蔓。

趙山皺眉道：

「好像有些風聲，而且先前那些鬼猴和巨型山魈都是從石室後面的陰影裏出來的，那裏肯定有密道通到外面，我們過去看看。而且，根據我手裏的地圖，那邊也有一條隱蔽的通氣孔，只是不寬，不知道能不能過人。」

我們都是一喜，踩著那些碎亂的石頭，向石室底部進發。

這時，石室裏微微有些風聲，空氣的溫度非常高，有些燙人，而且味道也很難聞，是一種腐屍的惡臭，讓人想吐。

我們一路爬到亂石堆上面，突然「簌簌簌」一陣細碎的聲音傳來，接著就聽到鬍子大叫道：「小心，鬼藤沒有被炸死！」

我低頭一看，這才發現碎石縫隙裏面，果然夾雜了很多鬼藤，有些鬼藤已經被炸得乾枯了，正在燃燒，有的則沒有受到多大影響，這會兒見著火光，變得異常凶厲起來，在石縫裏「簌簌簌」地穿梭爬動著，如同游蛇一般，讓人不寒而慄。

鬍子的腳已經被一根鬼藤纏住了，正疼得齜牙咧嘴地大叫。好在他反應敏捷，一鏟子下去，就把鬼藤鏟斷了，這才脫身出來。

我們放眼向四周看去，發現石室中火光點點，煙塵滾滾，地上的碎石之中，遍佈正在扭動爬行的鬼藤。那些鬼藤此刻似乎都已經發現了我們，正在不停集結著，一齊向我們這邊扭動攀爬而來。

我們不覺倒抽了一口涼氣，對望一眼，都是滿眼驚恐。

「跟我來！」趙山當機立斷，揮舞著工兵鏟，率先向石室的底部奔去。

那些鬼藤蛇蔓匯總到了碎石堆的中央，形成一團烏黑、亂麻一般糾纏在一起粗達一米多的巨大藤捆。

藤捆如同一條饑餓的巨蛇，轟然撲倒在地。只聽一陣「稀裏嘩啦」的聲響，巨蛇分裂出無數觸角，扒動著地面，呼啦啦地向我們追來。

我幾乎驚呆了，不覺腳下一絆，一個趔趄，差點跌倒在地。

「嗨，還是讓我來背吧！」鬍子急得大叫一聲，強行接過姥爺，接著就健步如飛地向前跑去。

我心裏一陣慚愧，快步跟了上去。

我們來到石室的後半部分，面前的路走不通了，一個又大又深的石坑赫然横在面前。

我這才想起來，這就是先前石室裏的那個黑水池。我們逃跑的時候，趙山把炸彈扔到水池裏了，所以現在水池變成了一個黑洞洞的大坑。

大坑裏還在冒著青煙，不知道到底有多深，但是沒有什麼陰氣了。姥爺之前已經清除了大部分陰氣，後來又被炸彈一炸，相信任何陰氣都無法保全了。

「從邊上繞過去！」趙山喊道，抬腳就向側面跑去。

我一拉鬍子，鬍子突然回頭看了一下，發現那些鬼藤已經追到離我們不到三米遠的地方了，不覺一把甩開我的手，大喊道：「來不及了！」

鬍子一後退，然後向前猛衝幾步，竟然背著姥爺，從大坑上面跳過去了。這一跳，竟然足足跳出了六七米遠。

我心裏驚嘆了一番，也學著他的樣子，後退一步，然後向前猛衝，飛躍了出去。但是，畢竟我不是從小就喝「仙酒」長大的，力量終歸趕不上鬍子，所以，我這一跳，雖然空手沒負重，卻只跳出了不到五米遠，差點掉進大坑裏去。

我雙手趴在碎石上面一陣亂扒，同時雙腿亂蹬，好容易才止住下滑的趨勢，爬到了大坑對面的碎石堆上。

我爬上去之後，發現趙山和鬍子已經跑出十來米遠了。見他們速度如此之快，我不覺又是一陣慚愧，抬腳猛追上去。

我們終於來到石室底部，這裏也是碎石狼藉，岩壁上裂縫道道，如同龜裂的地面。我們分散開來，沿著石壁一通慌亂地尋找，想找到出口。

但是，我們找了半天卻沒能找到任何出口，急得我們直跺腳。這時，我們回頭看去，那團巨大的鬼藤已經又呼啦啦地追到身後了。

「呼隆隆——」一聲聲悶沉的響聲傳來，震得我們腳下碎石亂顫，也震得我們的心直跳。

「嘁嘁喳喳——」鬼藤追到近處之後，突然發出一陣讓人頭皮發麻的藤條點地的聲響，接著，粗大的藤捆一下子分成了三股，分別向我們三個人奔了過來。

我們嚇得臉都白了，腿肚子開始打戰，額頭的冷汗更是暴了一層又一層。

我們都深知鬼藤的厲害。先前我們遇到的鬼猴和巨型山魈，雖然凶厲殘忍，但還是有弱點的，至少牠們知道疼痛，知道恐懼，最重要的是，牠們只有一條命，殺死了之後，就沒什麼威脅了。但是鬼藤壓根兒就不知道疼痛，我們找不到它的弱點。這時，我們不禁回想起那隻被包成粽子、然後被活活勒死的黑血淋漓的猴子。

「啊——我跟你們拼了！」鬍子快要精神崩潰了，他把姥爺放到地上，抄手掄起工兵鏟，就要去和那些鬼藤拼命。

「不要衝動！」趙山大吼一聲，將他一把拖了回來，接著從貼身的衣袋裏掏出一把草葉，揮手灑了出去。

那些草葉漫天灑下，落了滿地。草葉落下之後，那些鬼藤也已經爬到距離我們不到兩米遠的地方了。

奇異的景象發生了。

那些鬼藤察覺到草葉的存在，居然都停下了爬動，然後不停地用細長的藤蔓點擊著地面，在週邊逡巡，卻不敢前進了。

「這是什麼草？」鬍子總算鬆了一口氣，一邊抹汗，一邊彎腰撿起一片草葉。

「香草。」趙山淡淡地說著，忽然一皺眉，側頭向左邊的岩壁看過去。

「咕唧唧唧——」左邊的岩壁上方，距離地面大約一丈高的地方，傳來了一陣尖細的叫聲。

我和鬍子不覺都是一驚，也一齊抬頭看去，這才發現石壁上竟然伸出了一個黑色的小猴頭。小猴頭正睜著大眼睛，好奇地掃視著石室。

乍一看到猴頭，我們還以為牠是因為石壁裂塌，被夾在石縫裏了，所以也並沒有在意。卻不想猴頭突然「嗖——」一下縮進石壁裏，消失了。

「咦？」我和鬍子不覺又一驚，連忙向那邊走過去。

「呼隆——」

我們剛向旁邊走了沒幾步，一大團黑色的鬼藤蛇蔓就已經壓頭砸了下來。我們這才意識到還沒有脫離危險，連忙狼狽不堪地退回到草葉散落的空間中，縮身靠著石壁站著，不敢再動了。

「現在怎麼辦？」鬍子說道，「我敢打賭，那隻小猴子剛才伸頭的地方就是洞口。」

「我也知道那是洞口，但是那兒太高了，咱們想爬上去可不那麼容易。」趙山沉吟道。

「怕什麼？這才多高？石壁現在滿是裂縫，好爬得很，先上去一個人，再用背包帶把下面的人拉上去，這不就妥了嗎？」鬍子說道。

「好，就這麼辦，你把老人家背上，我來幫你們做掩護。」

趙山彎腰從地上撿起一把草葉，又從貼身衣袋裏掏出一些草葉，湊了幾十片，這才將草葉分成四份，給了我們一人一份。

「散開，插在身上，儘量插穩當一些，不要浪費了。」趙山蹲到地上，幫姥爺插了一身草葉。

因為有那些草葉，鬼藤沒敢再撲過來。我們安全地來到石壁的洞口下面。

鬍子將姥爺放下來，有些疑惑地問道：「趙山，我覺得你比老爺子還神啊，你這草到底是什麼草？怎麼連鬼藤都害怕？」

趙山愣了一下，淡淡地說：「不是我的草葉厲害，是因為那些鬼藤就怕這種香氣，所以才管用的。」

鬍子更疑惑了，問道：「那你怎麼知道這裏有這種鬼藤的？」

「我什麼時候說我知道這裏有鬼藤了？」趙山說道。

「你事先備好了這些草葉，難道不是因為你知道這裏有鬼藤嗎？不然你為什麼隨身帶著？」鬍子冷聲問道。

「這些草葉是我平時就隨身帶著的，是一個朋友送給我的，只是湊巧派上用場而已。」趙山解釋道。

「呸！」鬍子不覺滿臉怒色，不耐煩地指著趙山罵道，「你別把人都當傻子，以為就自己聰明。你這點鬼心思，我早就一清二楚了。你最好給我說實話，不然別怪我對你不客氣！」

「你要我說什麼實話！」趙山額頭也是青筋直暴，怒聲問道。

「你自己心裏知道！」鬍子冷聲道。

「我不知道！」趙山大喝道。

「他娘的，自己先跑來這裏玩過一趟，發現有陰魂鬼怪，對付不了，然後故意出去找人進來當墊背的?!」鬍子叉腰瞪著趙山。

趙山不覺愣住了，滿臉憋得鐵青，半天說不出話來。

「怎麼樣？被我猜中了吧？他娘的，心機倒是夠深的，一開始裝傻子，讓我們都以為你二門沒開，實際上，我們才是二門沒開，都被你耍得團團轉。你給老子說清楚，你到底是哪條道上的，你要是能說出個一二三來，咱們就交個朋友，你要是不說清楚，我鬍子第一個就不饒你！」鬍子把話挑明了。

我原本想勸阻鬍子的，但是因為心裏的疑問也很多，也就沒再勸了，想看看趙山會怎麼應對。

「你說的事情我不明白，我就是一個普通的士兵。這麼回答，你滿意了嗎？」趙山瞥眼看著鬍子，冷笑著說。

「滿意個屁！」鬍子徹底被惹怒了，破口大罵起來，抄手提起了工兵鏟，向趙山衝過去，那架勢大有把趙山放倒揍一頓的意思。

「操！給臉不要臉！」趙山惱羞成怒，也抄起工兵鏟，迎著鬍子過去了。

我心裏又急又怒，不覺將陰魂尺抽出來，一躍跳到他們中間，冷聲道：「誰再往前走一步，直接放倒！都他娘的老實點，這是鬧內鬨的時候麼？」

我冷眼看著他們。

鬍子見我臉都氣白了，知道我火起來不是好惹的，嘟囔了兩聲，沒敢再往前走，嘴裏啐聲道：「這混蛋擺明著把我們當猴耍，現在不教訓他，出去就沒機會了。」

「哼，你想教訓我？」趙山冷哼了一聲，很不屑。

鬍子剛壓下去的火又被挑起來了：「大同，你讓開，看我到底能不能教訓他！」鬍子一跳三尺高。

「都別動，聽我說。」我一擺手，把鬍子擋住，接著轉身背對著趙山，對著鬍子眨了眨眼睛。

「憶江南，青山不改，綠水長流，海了去了。」我對鬍子說了一句暗語。

這些暗語是我們平時跟著姥爺學的，只有我們自己人能懂。這句話的意思是，趙山是我的舊識，讓鬍子不要和他為難，凡事都由我來解決。

鬍子驚得睜大了眼睛，瞪著我看了半天才說：

「你腦子沒問題吧？你什麼時候認識——」

「你別管了，總之交給我就行了，算我欠你一個人情行不？」我連忙截住他的話頭。

「好吧，那就交給你了。」鬍子也不好再堅持，快快地說完，瞪著趙山冷哼一聲，轉身去搬石壁根部的石頭去了。

見到鬍子不鬧了，趙山鼓著氣，這才放下工兵鏟，準備繼續幹活。

我見趙山心裏還憋著氣，就走過去，一拉他道：「過來一下，我有話和你說。」

趙山有些好奇地看了看我，低聲問道：「怎麼，你也以為我故意耍你們？」

「不是。」我看著趙山說道。

「那你要替他向我道歉？」趙山雙臂抱胸，瞇眼看著我。

「哼，你想得倒美。」我忍不住冷笑了一聲，「雖然我不懷疑你這次的事情，但是，有些事情，我還是很疑惑的。」

「疑惑什麼？和我相干嗎？」趙山看著我問道。

「相干。」我點點頭，轉身看著不遠處那些鬼藤蛇蔓，淡淡地說，「大約七年前，我還在上小學的時候，有一天夜裏，山洪暴發，我被困在學校，被洪水沖走了，後來我遇到了一個人，那個人也是當兵的。」

我說到這裏停了下來，看著趙山。

趙山臉上的神情很古怪，怔怔地愣了半天，低聲問道：「你是怎麼看出來的？」

「這個你甭管，你先告訴我這是怎麼回事。」我瞇眼看著趙山。

趙山有些糾結地撓了撓後腦勺，說道：「這個事情一時半會兒和你說不清楚，總之你相信我沒有惡意就對了。我希望你能信任我。」

「我當然信任你。」我發現他的眼神一如七年前那麼真誠，不覺有些心軟，嘆了一口氣道，「算了，不說了，我本來沒打算和你說這些的，只是見你剛才好像還在生鬍子的氣，所以就想提醒你一下，任何人都是有火氣的。你既然行得正，就不要介意別人的猜疑，鬍子是個直脾氣，他心裏有話藏不住，你和他生氣，沒有必要。」

「你放心吧，我明白了。」趙山愣愣地點點頭，「幾年不見，你真的長大了，夠老成的，看來你姥爺的衣缽傳給你，是傳對了。」

我淡淡一笑，轉身就往石壁洞口走，說道：「走吧，咱們先出去再說。」

趙山雖然依舊冷著臉，沒和鬍子說話，但是臉上的表情已經緩和很多了。鬍子是個心寬的人，火氣也就發一陣子，這會兒也沒有太多氣了，開始哼起歌來，搞得我很無語。

兩個人七手八腳把石頭墊了半米高，半米寬，壓得平平整整的，這才拍拍手站起身，對我招手道：「過來，疊人牆，你先上去。」

鬍子蹲了下來，把我舉了上去。我踩著鬍子的肩膀，沿著石壁一路向上爬，很快就摸到了一個岩洞的邊沿。我心裏一喜，兩手一用力，縮身鑽了進去。

我四下一看，發現這個岩洞只有半人高，根本就直不起身。岩洞四壁光溜溜的，一看就是有東西長期在此通行，岩洞地面上有一些乾燥的糞便。

我轉身向岩洞深處看去，黑乎乎的，看不到底，於是回身對下面的鬍子和趙山說道：「能走通，但是太黑了，你們記得帶上夜光石。」

趙山仰頭把背包帶子丟到我手裏。我接住之後，把背包帶的一頭繫在腰裏，另一頭垂下去，回身找了一塊凸起的岩石抱著，就對他們喊道：

「可以了，上來吧！」

話音落下之後，我只覺腰上的背包帶一緊，鬍子先順著帶子爬上來了。他背著那把繫著夜光石的工兵鏟，上來之後，立時照得岩洞裏一片清亮。

「你們等一下一起拽，先把老人家拖上去，我在下面看著，萬一滑下來，也好接著。」趙山的聲音傳來。

我答應了一聲，就和鬍子一起抓著背包帶，不多時就聽到趙山說：「可以了，拉吧。」

我們一起用力，很快就把姥爺拉上來了。我伸手去解姥爺腰上的背包帶，準備放下去讓趙山爬上來。

「喂，要不咱們直接走吧，把那小子扔在這裏算了，我倒要看看他怎麼死。」鬍子湊過來，說了一句很陰險的話。

「屁，這才多高，沒有這帶子，你以為他就爬不上來了？順水人情幹嘛不做？你有腦子沒有？」

我瞪了鬍子一眼，爬到岩洞口，把帶子放了下去，對下面喊道：「趙山，快點上來。」

但是，我等了半天，下面竟然沒有回音，我又喊了好幾聲，還是沒有回音。我連忙一趴身，伸頭出去看了一下，心裏一沉。此時，外面的石室裏空空如也，哪裡還有趙山的影子？

「怎麼了？」鬍子湊過來問道。

「人不見了！」我恨恨地伸手一砸岩洞的石壁。

鬍子聽出我的話裏有氣，有些不好意思地嘟囔道：

「我剛才只是說說而已，沒想真的丟下他，我又不是那種陰險小人。現在他這是自己失蹤的，你可不能賴到我身上。」

我無奈地嘆了一口氣，回身怔怔地坐著。

鬍子急得抓耳撓腮道：「現在怎麼辦？難道要在這裏一直等下去？我看他是故意不理我們的。他肯定是因為剛才被我拆穿了詭計，心虛了，擔心出去之後被我們質問，所以才故意躲起來的。他就是想甩開我們，這樣咱們就找不到他了，你說對不對？」

我也沒有什麼更好的辦法了，只好說：「我們先走吧，姥爺的傷勢耽誤不起，先不管他了。」

「早就該這麼著了，等他這種人做什麼？」鬍子大笑一聲，轉身一手拖著姥爺，一手舉著夜光石，順著岩洞彎腰向前爬去。

岩壁洞穴狹窄逼仄，而且充斥著屎尿的騷臭。

鬍子在前面彎腰走著，一手舉著夜光石照亮，一手抓著姥爺的胳膊。我在後面托著姥爺的兩腿，和他一起抬著姥爺。

我們沿著岩洞前進了幾十米之後，岩洞頂漸漸高起來，可以站直身子了。鬍子就背起姥爺，加速向前走去。

又走了一段路，岩洞更加寬闊了，頂部有兩丈多高，地形也複雜起來，不時出現一些亂石堆或者成片的石筍，有些地方還在滴水。

我們看到前面的石壁上有一個黑乎乎的洞口。鬍子擦了擦汗，有些不悅地瞪了我一眼，說道：

「你小子空著手，也好歹勤快一點，到前面探探路行不？」

我慚愧地點點頭，連忙走到他前面，舉著夜光石，走進石洞裏查看，發現是一個天然的石室。石室低矮壓抑，空氣很污濁。石室的地面上鋪了許多乾草，看起來像是地毯一般。

我不覺一驚，一下抽出了陰魂尺，警惕地四下看著。

「嘰嘰嘰嘰——」一陣尖厲的叫聲傳來，一隻不到三尺長的小猴子正睜著一雙大眼睛，縮在石室底部，驚恐地看著我。

「什麼情況？」鬍子伸頭進來問我。

「估計是那些鬼猴的窩，不過現在只剩一隻小猴子了。」我說道。

「那咱們繼續往前走吧。」鬍子退出了石室。

我也退出了石室，但是又有些擔心那隻小猴子，擔心牠沒了老猴子的照顧，會活活餓死。於是，我把背著的帆布書包放在石室門口，書包裏有一個水壺和幾塊大餅，希望這些東西能夠給那隻小猴子一點幫助。

「嗨，你還真有同情心，老爺子現在都不知道情況怎麼樣了，你還在這裏餵猴子。牠的父母都是你殺的，你現在裝好人，早幹嘛去了？」鬍子滿臉不屑地諷刺我。

我被他說得很慚愧，覺得自己確實罪大惡極，轉身悶頭向前走。

我們來到了岩洞的盡頭。這是一處幾乎豎直的岩壁。在岩壁上方十幾米高的地方，有一個微微透著亮光的小洞。我和鬍子知道那是通往外面的出口，連忙來到岩壁下面，要想辦法爬上去。

我們伸手一摸，發現岩壁雖然不是很光滑，是砂岩質的，而且最外層的岩石都已經風化得有些鬆散了，但是岩壁上卻沒有什麼大的凸起和裂紋。這樣的岩壁最難攀爬，一不小心就會滑落下來。

我和鬍子對望一眼，都有些洩氣。

「就差最後一步了，還是功虧一簣了，他娘的，這是老天爺在故意和我們為難吧？」鬍子把姥爺放下來，讓他背靠著一塊大石頭，一邊用水壺餵他喝水，一邊鬱悶地說道。

「不要洩氣，這麼一點高的岩壁就把我們難住了？」我安慰著鬍子，皺眉道，「冷靜想一下，肯定會有辦法的。」

「有什麼辦法？這出口至少有十五米高，這石壁又撐不住人，咱們怎麼上去？

你想一個辦法出來給我看看。」鬍子不屑地冷哼了一聲，一屁股坐到地上，喘著粗氣。

我低頭仔細思索著解決的辦法。

我首先想到，現在我們沒法爬牆，那個出口又太高，如果想要到達那個出口的話，就得想辦法從上面墜一條繩子下來，這樣一來，我們拉著繩子借力，就可以爬上去。

我不覺心裏一動，連忙卸下身上的背包，把我和鬍子的背包帶子都抽出來，然後把兩根背包帶綁到一起。這樣一來，背包帶的長度差不多夠了。但是，怎麼把背包帶弄上去，又是個問題了。我心想，要是能有個撓鉤就好了，那樣的話，飛簷走壁也絕對不是問題。

鬍子試探地說：「要不綁一把工兵鏟扔上去？工兵鏟比較長，說不定能卡在洞口。」

我眼前一亮，覺得他這個想法也不無可能，於是就死馬當活馬醫，抽過工兵鏟，把背包帶繫在工兵鏟柄中間，向後退了退，把工兵鏟往上投擲，就像投擲標槍一樣，想把工兵鏟投進洞口。

鬍子為了防止鏟子掉下來砸到人，把姥爺轉移到側面一個角落去，自己則站在我的側後方，舉著夜光石幫我照亮。

「噹啷——」

「叮咚咕咚噹啷——」

工兵鏟沒有命中出口，一陣亂響，掉了下來。

我知道這種事情要靠運氣，也不氣餒，一連投了十幾下，才命中了一次，而且結果非常讓人失望，鏟子被我一拽，竟然掉下來了。

鬍子急得滿頭冒汗，最後終於忍不住一把奪過鏟子，把夜光石遞給我道：「我來！沒點兒準頭！」

鬍子瞄了瞄出口，飛手投了出去，準頭倒是很好，第一下就命中了，可惜也沒有卡住，一拽又掉下來了。

鬍子不服氣，又接連試了好幾次，然後喪氣地一把將工兵鏟摔到地上，怒道：「這他娘的怎麼可能卡得住？這不是姜太公釣魚嗎？用的是直鉤子，要是能卡住，那才見鬼呢。」

我舉著夜光石，在石洞裏東瞧西看，想找到能夠利用的工具。猛然發現我們身後那個黑乎乎的石洞口，居然立著一個黑色人影！

那個人影大半身都隱在陰影之中，不是很看得清楚樣貌和衣服，卻隱約可以看到那個人影身上斜背著一隻軍用帆布書包。我還以為是趙山，於是就想喊他一聲，但是又飛快地捂住了嘴巴。

因為這時候，我發現了一個明顯的異常。那個人影只有不到三尺高，所以不可能是趙山。

我彎腰瞇眼看了看黑影，發現黑影身上繚繞著很濃重的黑氣。我不覺心裏一驚，心說這又是一個髒東西？我悄悄地抽出了打鬼棒，做好了進攻的準備。

鬍子也覺察到了我的異常，於是也湊過來，抄手把擀麵杖抽了出來，準備應戰。

「嘰嘰嘰嘰——」就在我們疑神疑鬼、準備幹架的時候，只聽那個黑影一矮身，發出一陣叫聲，跑出了陰影，來到我們面前。

我們定睛一看，才發現黑影正是我們剛才在石室裏看到的那隻小猴子。小猴子好像是跟著我們來到這裏的，讓人忍俊不禁的是，這傢伙斜挎著我留給牠的那個書包，儼然一個小人一般。

「唧唧嘰嘰——」小猴子跑到我面前，蹲在地上看著我，用鼻子對著我嗅了嗅，似乎確定了什麼，竟然手舞足蹈地對著我比劃起來，似乎在和我說話。

鬍子滿臉好奇地撓了撓腦袋，有些釋然地說道：

「好了，有奶就是娘，估計牠被你的大餅餵熟了，賴上你了，你自己看著辦吧。現在咱們泥菩薩過河，倒還要照顧牠。」

我沒理會鬍子的話，低頭仔細看了看小猴子，發現這傢伙一身黝黑的長毛，乾瘦乾瘦的，尾巴細長，兩眼很圓，耳朵很尖，一臉好奇，而眉毛居然是白色的。

按照竹簡古書《青燈鬼話》上面的記載，這種天生白眉的猴子，靈性都非常高，是很通人性的，要是能夠馴服的話，力量可不容小覷，所以我就有心要把牠帶出去。

我向鬍子要了一塊大餅，對小猴子晃了晃，想逗牠一下。那傢伙居然不為所動，反而站起身，從身上拿下了那只軍用帆布書包，遞給我，那意思似乎是在說：「喂，你丟的東西。」

「我操，真有趣。」鬍子不覺笑了起來，伸手想摸摸小猴子，卻被小猴子一個鬼臉嚇得又把手縮了回來。

「娘的，敬酒不吃吃罰酒，老子摸你那是給你臉，信不信我一棍子擂死你？」

鬍子惱羞成怒，抬棍子作勢要去打小猴子。小猴子十分機靈，居然哧溜一下，鑽到我身後躲起來了，還從我的身後伸頭對著鬍子唧唧怪叫，齜牙咧嘴的，很有挑釁的意思。

「行，行，他娘的，還沒入夥呢，就找到靠山了。哎——」鬍子無奈地笑了一下，氣也消了，攥著棍子轉身往姥爺那邊走，說道：「反正也是等死，你就陪牠玩玩吧，苦中作樂。」

第四十八章

悶香奇方

這個方子叫做「悶香奇方」。

所謂「悶香」，其實就是殭屍肉。一直以來，保存完好的殭屍肉，

都被視為極好的藥材，「千年積沉之新鮮悶香」，

就是「千年殭屍的新鮮血肉」，要想搞到這個東西，是非常困難的。

我見鬍子說得喪氣，沒去理他，轉身看著小猴子，從牠手裏接過書包，打開看了一下，發現大餅少了一塊，看來是被牠吃了，但是水壺裏的水沒動。

「唧唧唧唧——」小猴子看到我拿著水壺晃蕩，連忙跑過來，用爪子去掰水壺，用嘴去啃瓶蓋，一副很想喝水的樣子。

我這才恍然大悟，想到牠應該是渴了，想喝水，但是卻不會打開水壺蓋子，所以才沒喝成。

我又聯想到一些事情。這些猴子生活在這個山洞裏面，應該是有水喝的，防空洞四層石室裏的黑水池，極有可能就是牠們平時飲水的地方。現在那個黑水池被炸沒了，石室裏一片混亂，這隻小猴子沒地方喝水，所以就渴著了。那個黑水池陰氣極重，所以那些猴子長期喝這些水，最後就變成了陰靈。

這時候，我甚至想到了一個可能一直被我們忽略和誤解的事情，那就是那群鬼猴之所以攻擊我們，可能也並非是因為牠們天性凶厲，很有可能是為了保護牠們的水源才攻擊我們的。那個巨型山魈也極有可能是因為這個原因，才和我們幹上的。

這麼一想，我不由得一巴掌拍在腦袋上，有些歉疚自己造下的罪孽，無辜殺傷了這麼多生靈。如果當時只是想辦法清除水池裏的陰氣，沒有殺掉那些猴子，那麼，那些猴子日後不是也會漸漸恢復正常麼？

看來，我們真的做了一件不公道的事了。我不覺對這隻小猴子更加充滿憐愛和同情，連忙幫牠擰開水壺蓋。小猴子一把就抱過水壺，仰頭喝起來。

「嘖嘖嘖——」小猴子一口氣喝飽了水，這才心滿意足地放下水壺，然後圍著我一陣轉悠。

我很自然地伸手去摸牠的腦袋，沒想到牠居然非常馴服地蹲了下來，一臉可憐兮兮地看著我，那個神情貌似要認我當老大。

看著牠的眼神，我心裏一動，突然想到了山裏猴群的規矩。在猴群中，弱者為了表示對強者的臣服，都是這麼蹲在地上，讓強者把手放在牠們頭上的。現在這隻小猴子的舉動，意思再明白不過，牠真的認我當老大了。

我有些受寵若驚，心裏想得給牠什麼當見面禮，於是滿身翻口袋，想找出一點可以給牠吃的東西，但是找了半天也沒找到，最後一撓頭，倒是抓下了幾片趙山給我的清香草葉。

我抓著草葉，不覺想到了趙山，這一愣神的當口，低頭時，卻看到小猴子居然眼巴巴地瞪眼瞅著我手裏的草葉，滿臉渴望的樣子。

「你想要這個？」

我疑惑地看著牠，把草葉遞給牠。牠果然很喜歡，一把搶了過去，接著就塞進嘴裏，沒幾口就嚼光了。

我見牠居然喜歡吃這個，連忙把全身上下的草葉都收羅起來，準備給牠吃。但是轉念一想，這東西可以逗引牠，如果一次就給完了，以後想要再控制牠就不容易了，於是就沒有再給牠，把剩下的草葉都裝到口袋裏。

我想起鬍子和姥爺身上也有草葉，於是舉著夜光石過去搜刮。

鬍子沒把那些草葉當回事，任我搜了個精光。等我把鬍子和姥爺身上的草葉都收了起來，回頭去找小猴子時，小猴子卻不見了。

「唧唧唧唧——」

我正納悶小猴子跑到哪裡去了的時候，聽到頭上傳來牠的叫聲，抬頭一看，牠居然爬到岩壁上的那個小洞口去了。

我和鬍子對望一眼，不覺都是滿心歡喜。

「誤打誤撞，得了個救星！」鬍子激動地一下子跳了起來。

我連忙對小猴子招了招手，讓牠下來。小猴子很聽我的招呼，一見我叫牠，立刻就「哧溜哧溜」爬下來了。

我尋思著怎麼訓練牠。我先取出一片草葉，對小猴子晃了晃，勾得牠眼巴巴的，這才收了草葉，然後拿起地上綁在背包帶上的工兵鏟，走到兩塊巨石中間，比劃著教牠把工兵鏟橫過來卡在裏面，然後又走到牠面前，對牠指了指岩壁上的小洞口。

小猴子看著我的一連串舉動，先愣了半天，接著竟然很機靈地一把抓起地上的工兵鏟，只用一隻手、兩條腿，就沿著石壁爬上去了。

我和鬍子喜出望外。鬍子感嘆道：「我原本想著要先把工兵鏟丟上去，插到小洞口裏面，再讓牠去搞定呢。沒想到牠自己帶著鏟子就爬上去了，這小傢伙還真是挺聰明的。」

我滿心歡喜地點點頭，抬頭看著努力攀爬的小猴子，感到很欣慰。

「唧唧唧唧——」小猴子帶著工兵鏟爬到小洞口裏面之後，在上面鼓搗了一通，就伸頭對著我一陣叫喚。

我連忙走到岩壁下面，伸手抓住背包帶扯了扯，發現果然卡住了，喜不自禁地對鬍子叫道：

「好了，好了，這小傢伙真是通人性，居然真的搞好了！」

「哈哈哈，小傢伙，厲害，嘿嘿，等出去了，鬍子爺爺給你買一大捆香蕉，好好犒賞你！」鬍子興奮地跑過來，拉了拉背包帶，仰頭大笑著對小猴子說話。

一陣興奮之後，我便拉著背包帶，一口氣爬上了洞口。

「唧唧唧——」我還沒進洞口，小猴子就一陣叫喚，伸手對我示意。

我知道牠這是在要報酬，於是對牠點點頭，先爬進洞口裏，然後掏出一片草葉給牠。小猴子得了草葉，興奮得不得了，塞進嘴裏就吃了，然後非常馴良地蹲在一邊，看著我忙活。

我喘了口氣，發現這是一處很寬的洞穴，我所在的地方是洞穴的底部。洞穴並不是很深，我隱約能看到一片淡淡的天光，知道外面應該就是地面出口了，連忙彎腰把工兵鏟再次固定好，喊了鬍子一聲，讓他把姥爺綁好。

姥爺近來瘦得厲害，並不是很重，我很快就把他拉上來了。

緊跟著，鬍子上來之後，也看到了天光，長吁一口氣道：「他娘的，總算出來了，再在裏面憋著，老子就要瘋了。」

鬍子把夜光石遞給我，彎腰把姥爺背起來，抬腳就往外走。我帶著小猴子跟了上去。

我們沿著洞穴拐了一個彎，就來到一處天然的熔岩洞穴之中。這裏已經可以看到外面灰濛濛的天空和黑魆魆的草叢樹林了，此時是深夜時分。

我們心情有些激動地停了下來，看著出口，一時沒敢出去。我不經意地打量著洞穴，發現這裏非常乾燥潔淨，靠牆邊居然還擺著一張正方形的石桌，桌旁還有三張石凳。

我不覺一怔，連忙對鬍子說道：

「真是奇了，這裏居然是三仙洞。當年是作戰的指揮所，這麼看來，後面的那個小洞，估計是為了方便進入和撤離防空洞，才打通的。」

鬍子深吸了一口氣道：「行啦，咱們別耽誤了，老爺子得趕緊送醫院。」

「嗯，咱們快走。不過天黑，草叢又密，不好走，這個夜光石的亮光太弱了，你走路小心一點。」我舉著夜光石，上前給鬍子照亮。

鬍子點點頭，走了幾步，回頭說道：「這兒又沒有鬼藤，咱們幹嘛不開手電筒？」

「對啊！」我不覺也有些失笑，連忙掏出一支手電筒打開來，一大片光芒高起，頓時覺得安心了很多。

「哈哈，你在後面照著，我先走！」鬍子背著姥爺向洞口走去。

後面的小猴子突然「唧唧」叫了兩聲，我回頭一看，發現這小傢伙正在摸著腦袋，向石桌望去，似乎看到了什麼異常的東西。

我不覺也向石桌多看了幾眼，隱約看到有三個人影，正坐在石桌邊上。我心裏一驚，頭皮一炸，抬起手電筒照過去，卻又發現石桌邊上空空如也。我心裏一陣驚疑，連忙把手電筒滅了，然後彎腰瞇眼看過去。

這一次，借著外面微弱的天光，我看清楚了。石桌邊上果然有三個人影坐著，三個人身上都穿著舊式軍裝。他們的身材很魁梧，微微前傾著身體，看著桌面，似乎在商量什麼事情。

就在我驚疑不定的時候，坐在桌邊的一個人影緩緩扭過頭向我這邊看了看，接著竟然對我點了點頭，似乎是讚賞的意思。

我不覺心裏一動，似乎明白了什麼，向前走了一步。

就在這時，鬍子的聲音在洞外響起了：

「你小子幹啥呢？被鬼絆住啦？還他娘的不快點跟上，想拖到什麼時候啊？這可是你姥爺啊！」

鬍子的聲音一響，三個人影立時不見了。我知道這是真正的「三仙」，於是連忙應了鬍子一聲，喚上小猴子，一起出去了。

出洞之後，我們找準方向，徑直回到山上的療養院。

我們立刻分頭行動，鬍子去找侯醫生，我跑去保衛室，給二子掛了一個電話，讓他派個車過來，把姥爺送去醫院。

二子從來沒見過我這麼緊張，連忙答應道：「你等著，我馬上就到。」

我回到屋裏，侯醫生正在給姥爺做檢查。她拿著聽診器對著姥爺的胸口聽了一會兒，不覺變色道：「情況很不好，心臟有些衰竭，要是不及時救治的話，估計要出事。」

我連忙告訴她，二子的車馬上就到。侯醫生這才放下心，打開藥箱，幫姥爺清理傷口，上藥包紮。

二子一陣風似的衝了進來，他二話沒說，背上姥爺就出去了。我和鬍子帶著小猴子一起上了車。

車子往市裡醫院趕去，我和鬍子坐在後排護著姥爺，都沒有說話。

「你們別自責了，我知道你們已經盡力了。你們放心，有我在，保證老人家沒事的。」還是二子打破沉默說了一句。

「謝謝你了。」我喘了一口氣，對二子說道。

「別那麼見外，咱們都是自己人。」二子不覺問道，「你們行動倒是挺快的，我還以為你們要進去很多天呢。怎麼樣，裏面有沒有什麼稀奇的東西，跟我說來聽聽，我好久都沒鑽過山洞了，心裏都癢癢的。」

聽到二子的話，我不覺回想起當年和他一起進古墓的經歷，心裏懷念。時光如梭，不知不覺七八年過去，我早已不再是那個愣頭愣腦的小孩子了，我更加睿智持重了，但也因此變得膽小怕事、懦弱不堅了。有得必有失，我雖然心智成熟、知識豐富、眼界開闊了，卻失去了當年那種天不怕地不怕的銳氣。

「山洞裏遭遇的事情很多，有空再慢慢和你說吧。」我沉吟道，「有件事情還需要你幫忙。」

「什麼事，說吧。」二子答得很乾脆。

「我們出了防空洞之後，就直接回療養院了，盧爺爺還不知道我們回來了，也不知道山洞裏發生的事情。最要緊的是，他派給我們的那個人在山洞裏失蹤了，所以，我明天得親自去找盧爺爺，和他說明情況，不然的話，他會很擔心的。」我對二子說道。

「我看你不用去了。」鬍子接過話道，「那個混蛋說是失蹤了，我看是偷偷從另外的路跑回去了。」

「你不要亂說，他不是那樣的人。」我連忙反駁道。

「哼，不是才怪，不信你自己明天去問問看吧，我說得絕對沒錯。」鬍子不屑地冷哼道。

二子見我們爭論起來，不覺有些好奇，問道：

「難不成有人要陷害你們？要是那樣的話，跟我說，我保準讓那個傢伙吃不了兜著走。」

「沒有的事，你別擔心了。」我連忙和二子解釋。

「沒事就好。」二子又道，「咱們先把老人家安頓下來，等情況穩定了，我再送你回來，你看行不？」

「行，就是要麻煩你了。」我有些歉意地說道。

「你這隻小猴子不錯嘛。」二子看到一直安靜趴在他旁邊坐墊上睡覺的小猴子，不覺笑問道，「什麼時候買的？叫什麼名字？」

「不是買的，剛從山裏帶出來的，因為是白眉毛，所以準備叫牠白眉。」我說道。

「這個名字太玄了，搞得跟個得道高僧似的，照我說，牠渾身黑乎乎的，就叫小黑好了。」二子隨口說道。

坐在我旁邊的鬍子臉上有些掛不住了，瞪了二子一眼道：「你真是神人，這名字都能想得到，老子還叫小黑呢。」

「哈哈哈，忘記你的小名啦。」二子這才反應過來，大笑起來。

鬍子說道：「我看還是叫牠二白吧，意思是牠有兩道白眉毛。」

我們都點點頭，覺得這名字不錯。

鬍子扭頭看看車窗外，有些猶豫地問二子道：「這是到哪兒了？」

「剛過洣河，怎麼了？」二子問道。

「停一下車吧。」鬍子說道。

二子疑惑地靠到路邊停車，問道：「怎麼了？」

「沒什麼，我有點事情和大同說。」鬍子打開車門走了下去。

我見他滿臉沉重，一時也滿心好奇，連忙跟下車，問道：

「出什麼事了？你怎麼突然神經兮兮的？」

「我想起一些事情來了。」鬍子背著手，喘了口氣，抬眼望著遠處的山林，

「那兩個老怪物現在也不知道怎麼樣了，這麼久沒見了，我有些擔心他們。他們兩個雖然倒三不著兩的，但是好歹把我養大了，算是有一份恩情。我不能就這麼離開，不管他們了。他們年紀大了，前些年還能活動活動，如今估計很難動彈了。山林裏風寒露重，他們說不定哪天就有個好歹。所以，我得回去照顧他們才行。」

我也不覺有些感傷，對他說道：「你說得也對，要不，我們先把姥爺安頓好，回頭我和你一起回去吧。」

「不了，他們不愛見人，你還是別去了，各養各的老，各走各的道，今天就在

這裏散了吧。」鬍子轉身看著我說道。

「你這是什麼意思？難不成以後咱們就不見了？」我有些生氣地說。

「不是，我就是隨口一說而已。你放心，安頓好他們兩個老怪物，我就會來找你的，我給你的那個哨子，想我的時候，就吹一吹，我聽到了就會來找你。」鬍子拍拍我的肩膀。

「鬼才想你。」我撇嘴說道，「天怪黑的，你走路小心一點，有什麼事情，記得來找我。咱們是好兄弟，你要是跟我見外，我見你一次揍你一次。」

「行啦，我才不跟你見外呢。」鬍子湊近我面前，滿臉諂媚的笑容，「好兄弟，既然不見外，那我求你個事情行不行？」

「什麼事情，直接說就行了，別搞出這個表情，怪肉麻的。」我被他的陰笑搞得渾身起雞皮疙瘩。

「哦，就是，二白讓我帶回山上養，好不好？牠是野性子，跟著你去城裏，保不準要鬧亂子，不如讓我帶走，我那邊山頭清淨，牠能自由地成長。」鬍子瞇眼笑道。

我立刻搖頭道：「不行，不行，二白根本不認你，你帶不走牠的。」我嘴上這麼說，其實是心裏捨不得二白。

「嘿嘿，你別以為我沒看到你用什麼東西勾引牠的，我會帶不走牠？」鬍子忽然插手到我的口袋裏，一把將那些草葉都搶了過去。

「喂，還給我！」我連忙過去搶奪，沒想到這傢伙跑得比猴子還快，早就一跳跑到車子另外一邊去了。

「怎麼樣，現在我能帶牠走了麼？」鬍子看著我問道。

「你幹嘛非得帶牠走？」我好奇地問道。

「老子一個人在山上，多悶得慌啊？帶著牠，也好有個伴。」鬍子伸手去拍二白，給了牠一片草葉，順利地拉攏了牠，勾得牠圍著他轉，唧唧直叫。

我心裏釋然了，但是又有些擔心鬍子的火爆脾氣，一個不開心就會打二白，於是警告他道：「你要帶二白走可以，但是你要好好養著，不許虐待牠，要是養出了毛病，或者養死了，可別怪我翻臉。」

「放心吧，我肯定好好待牠。」鬍子彎腰一把將二白抱起來，放到肩膀上，一邊逗著牠，一邊踏步往樹林裏走去。

我目送著他離開，愣了老半天沒動，突然想起他身上沒帶錢，連忙向二子要了一遝鈔票，追上去塞給他。

「拿去，給兩位老人家買點好吃的。」我對鬍子說道。

「謝了，好兄弟。哈哈，那我走啦。」鬍子嬉笑著走了，沒有一點兒傷感的意思，看得我一陣牙癢。

送走鬍子之後，我回到車子上。二子扔掉手裏的菸，一邊開車，一邊撇嘴道：「又花了老子一個多月的工資，這錢你以後可得給我補上。」

我不覺一樂，知道他這是故意逗我，就問道：「你還缺這點錢？」

「廢話，怎麼不缺？工資不是就那麼一點麼？我怎麼會有多餘的錢？」二子越發跟我繞起來。

我有意要戳穿他，撇嘴道：「你就沒有搞黑路子？」

二子不覺訕笑了一下道：「我的錢，都是表哥給的，還有就是上次從古墓裏掏出來的那些東西變賣的。」

我心裏不覺一動，問道：「那些東西你賣了？賣了多少錢？」

「嘿嘿，只出手了一件，還是看著老朋友的面子，一個小玩意兒而已，就十來萬，當白送給他們了。聽他們說，下家是個老總，就好這口，願意花大價錢搞真貨，我也就是抬抬他的興致，順便交個朋友而已。」二子看了看我，問道，「你不會也想出手一兩件吧？」

「沒有，我只是問問。」我連忙否認，心裏卻在琢磨，有機會的話，倒是可以出手一兩件，這樣一來，我也能有點積蓄，不至於處處求人。

「你也確實不用搞這些東西，我表哥不是每年都給你們一筆錢嗎？這錢老人家應該存著呢，你要用錢，問他要就行了，實在不行的話，你跟我說。」二子瞇眼笑道。

「嘿嘿，多謝。」我和他扯起了其他事情。

這一次我們還是去市一院。一院的院長親自帶隊下來，安排了最好的醫生給姥爺看病，他招呼我們，把我們請進了他的私人會客室，和我們攀談起來。

二子這些年越來越世故，會擺架子了，一直沉著臉，愛搭不理地說話，倒是把院長忽悠得不輕。

「好了，老華，你去忙吧，不用在這裏陪我們了，記得及時把老人家的消息情況告訴我們。我有點睏了，就借你這地方睡一會兒。」二子聊了一會兒，揮手打發院長走了。

二子打了個哈欠，斜躺在沙發上，一邊抽著菸，一邊和我有一搭沒一搭地扯著。

「小師父啊，」二子滿臉笑意，有些感嘆地說道，「大同啊，好久都沒叫你小師父啦。說起來，還真他娘的懷念啊。你今年多大了？」

「十五了。」我說道。

「那個，你以後準備做什麼工作？要不要讓表哥幫你安排一下？」二子瞇眼看著我問道。

說實話，我一直想著的，就是怎麼把姥爺的病治好，所以我想當個醫生。但是姥爺又說他這病是詛咒，醫不好的，這就讓我有點沒頭緒，不知道該做什麼了。

這些年，我過得糊里糊塗的，還真沒啥人生目標。二子的話提醒了我，我覺得不能再這麼混日子了。

「暫時還沒想好要做什麼，走一步看一步吧。」我沉吟道，「不過，要是和你一樣，還真沒什麼意思。我熬不住無聊的日子。」

「誰說不是呢？他娘的，老子都快要被憋出病來了。要不是表哥一直壓著我的火氣，我都不知道鬧出什麼亂子來了。這些年啊，說實話，要說舒服，那是真他娘的舒服，你看看我這肚子，哎，胖了三十多斤。」二子說著站起身，轉著圈子。

我抬頭仔細看了一下，才發現這傢伙果然發福得厲害，肚子把西裝都撐得扣不上扣了。

「心寬體胖嘛，挺好的。」我安慰他道。

「不好，不好。」二子咂咂嘴，走過來，給我遞了一根菸。

我猶豫了一下，還是把菸接過來了。二子連忙掏出打火機給我點上了，瞇眼笑道：「好久沒抽了吧？我就不喜歡你那裝出來的老實樣，你要抽就大膽抽唄，裝啥呢？以為我不知道你的性子？你他娘的比我野多了，簡直就是曲裏拐彎的壞。」

我被二子說得臉上紅一陣白一陣的，問他道：

「你是誇我呢還是罵我呢？抽你一根菸，有必要這麼說我嗎？」

二子大笑起來，攬著我的肩膀道：「小師父，跟你說實話，我覺得現在這種日子過得不好，很不好。」

「怎麼不好？」我好奇地問道。

「太舒服，沒意思，我現在經常想起當年咱們一起鑽古墓的事情，懷念那個刺激勁頭，他娘的，那種感覺，嗨，真是他娘的要多爽有多爽。我現在經常想著，要是再能經歷那樣的事情就好了。」二子吞雲吐霧，兩眼放光地說道。

「那是機緣巧合的事情，沒事誰去鑽那種地方？有一次經歷就夠了，你別瞎想這個，損了陰德。」我小抽了一口菸，心想二子可能真的太無聊了，所以才會這麼想，於是問道，「你今年多少歲了？既然這麼閒得慌，怎麼也不趕快成家？」

二子訕笑了一下，抽了一口菸，低下頭，不說話了，臉上帶著一抹自嘲。

我不覺好奇了，推推他，問道：「幹啥呢，裝神秘啊？」

「嗨，這個事情，說起來就傷心了。」二子苦笑了一下，「你還記得我在古墓的深井裏面昏死之前，和你說過的那個小蘭吧？」

「當然記得，你的初戀嘛。」我笑著點點頭道。

「嗯，我去找她了。」二子的表情有些糾結，「結果她已經嫁人了，是父母給她訂的親。他們家看不上我，說我窮，沒讓小蘭等我，硬逼著她嫁了。她嫁給村東頭一個男的，那男的軟骨頭，也掙不了多少錢，靠著父母還能勉強過日子。我回去後，聽說了這個事情，心裏挺不是滋味的，不過也沒太往心裏去。我當時就準備回城裏去，好好再找一個。也怪我多事，還念著舊情，也想顯擺一下自己，就去找了小蘭一趟，給了她一點錢和東西。」

鬍子掐了菸，搓了搓臉，接著又點了一根菸，才問我道：

「你猜後來發生啥事了？」

「人家沒收你的東西，你惱羞成怒，和她丈夫打起來了？」我調侃道。

「要真是這樣，我倒是真心敬重她了。哎，她見我發達了，竟然又想和我重溫舊情。他娘的，從此我就不太相信女人了，而且也沒有再遇到合適的，所以一直沒打算結婚。我現在只希望再來幾次探險，好歹這輩子不白活嘍，那才叫有意思。」

我不覺有些驚愕，沒想到他居然變成這個樣子了，心裏有些不舒服。

「行啦，不說廢話了，說點正經的，哥們兒。」二子上來攬著我的肩膀道，「我手頭有一樁大買賣要做，需要懂行的能人。怎麼樣，你要不要插一腳？你看你也該出師試試身手了不是？照我說啊，不如你就接了這個買賣，去試試手，也讓那些孫子開開眼，讓他們知道什麼叫真正的高人。」

「你要幹什麼？」我見他說得含糊，連忙追問道。

「嗨，還能啥啊，就是鑽古墓唄，你在行的。」二子眯著眼說道。

「這個不行，我沒事摻和這個做什麼？」我果斷拒絕了。

「嘿嘿，我就知道你不會同意。不過嘛，我有個東西，你看看，看了之後，你肯定就會同意啦。」

二子從懷裏掏出一張發黃的紙，遞到我的手裏。

我疑惑地接過來，打開一看，心裏一動，竟然真的有點被吊起胃口了。我抬眼看了看二子，發現他正眯著眼睛，滿臉期待地看著我，不覺心裏暗笑一下。

我把紙鋪到桌上，問道：「你不是不識字嗎？你知道這上面寫的啥麼？」

「嗨，我不識字那是以前了，這些年早就學出來了，你就好好看上面的內容吧，保證你心動。」二子被我逗得滿臉焦急。

我越發想逗逗他，就慢條斯理地念了出來：

「幽狐道人海方其一，悶香奇方：取千年積沉之新鮮悶香七兩，切碎，無根水為引，文火慢熬七個時辰，口服，七日一次，連續四十九日，為一期。若按此方服用，可損肢再生，白髮轉烏，一應血溢之症，盡皆祛除。若有陰人詛咒在身者，亦可避除，再遇陰人，不為衝撞……」

看到那句「若有陰人詛咒在身者，亦可避除」的時候，我如遭雷擊，感覺這似乎就是我找尋已久的東西。

我思索著，這個方子到底是真是假？會不會是二子故意揣摩我的心意，寫來騙我的？但是轉念一想，就算二子要騙我，也不可能寫出避除陰人詛咒的話來。到現在為止，只有我和姥爺知道，姥爺的崩血之症其實並不是怪病，而是詛咒。二子對此事完全不知情，如果他真要騙我的話，必然是寫可以治療疑難雜症，那樣的話，我很容易識破。

我現在之所以重視這個方子，就是因為它提到了「避除陰人詛咒」這個療效。

想通這些之後，我又看了一遍方子，仔細琢磨上面提到的東西。

這個方子叫做「悶香奇方」。所謂「悶香」，其實就是殭屍肉。一直以來，保存完好的殭屍肉，都被視為極好的藥材，一旦有貨源，都會馬上被搶購一空。「千年積沉之新鮮悶香」，就是「千年殭屍的新鮮血肉」，要想搞到這個東西，是非常困難的，所以，才會稱為「海方」，估計寫方子的那個幽狐道人也沒指望有人能搞到這個方子上所說的東西。

我深呼吸了幾下，讓自己平靜下來，這才裝出一臉淡然的樣子，扭頭微笑地看著他說：「你這個玩意兒是從哪裡搞來的？」

「嘿嘿，這個你就別問啦，我神通廣大，搞到這麼個方子算什麼？」二子又開始海吹起來。

我撇了撇嘴道：「那不說這個方子了，說說你那個大買賣吧。你那個大買賣和這個方子有什麼關係？」

「當然有關係。」二子滿臉認真地說，「根據可靠消息，那個穴眼裏就有千年那個啥，沉香。」

「是悶香。」我糾正道，「什麼可靠消息？這又是怎麼得來的？」

「嘿嘿，總之我有辦法嘛，反正消息非常可靠就是了。這個風聲早就傳開了，現在那些人正在找能人去挖呢。不過，就是一時半會兒沒能找到充足的人手，所以才耽擱下來。後來他們拐彎抹角地找到了我，我一聽，就想到了老人家的病，所以，就拿到了這張方子。」二子笑道。

「我還是沒聽懂，為什麼你想到了姥爺的病，就有了這個方子？」我皺眉問道。

「嗨，這麼說吧，他們其實早就有這張方子了，之所以要去那個地方，也是因為想搞到那個悶香。有好幾個大主顧出錢想買這個東西，所以才有了這個買賣。這個方子是我問他們要的，就是想看看到底有什麼療效，結果一看，發現很可能對老人家的病有效，也就心動了。我原來是圖個刺激，才摻和這事。但是啊，現在有了這個方子，那我可是捨己為人，為了給老人家治病才去冒這個險的啊，你說是不是？」二子一臉期待的神情。

我心裏基本相信了，但還是有些不放心，說道：

「你說得不錯，我也想給姥爺治病，不過，這個事情實在太冒險了，且不說那個穴眼的情況未明，就說萬一外頭出事了，那也是想跑都難的事情，所以，還是慎重為好。」

「放心吧，多大點事？」二子挑著眉毛看我。

我被他說得心動，但是又不想把話說死，於是微微點了點頭，撂了一句狠話給他：「行，你要是能再做到兩件事情，這個事我就應下了，要是你做不到的話，我不會去的。」

「嘿，你說吧，哪兩件事，我聽聽看。」鬍子滿臉好奇地問道。

「第一件，你得證明這個方子確實有效才行。」我把方子遞回二子的手裏。

二子點點頭道：「你這個要求很合理，不過呢，我還真沒辦法現場證明給你看。我只能這麼和你說，這個買賣背後的那幾個大主顧可都不是一般人，他們都這麼相信這個方子，急吼吼地要這個東西，那就說明這個方子多半是真的。而且啊，我們去那裏一趟，說不定還能順手再摸幾樣寶貝出來，豈不是一舉兩得？」

「第二個條件，你得給我說清楚，為什麼就這麼確定那個穴眼裏有這個東西？」

二子嘿嘿笑道：「是這麼回事，去年有個地質勘測隊，用個什麼射線成像儀器，結果碰巧看到了裏面的東西。他們回來就把這個事情報上去了，所以這個消息才傳開了。那個穴眼裏面有這個寶，你倒是不用懷疑的，你得相信科學啊，科學那可是錯不了的。」二子滿臉得意地說道。

我基本放心了，於是點點頭道：「既然你這麼說，那這個事情我應下了，不過你要做好保密工作，不能讓你表哥和我姥爺知道，免得他們擔心。」

「放心吧，這個我比你上心，只要不出亂子，他們絕對不會知道的。」二子想了一下問道，「那你什麼時候可以動身？」

「最近這段時間估計是不行了，姥爺還病著，你表哥要起靈堂搬家，又要結婚，我想等這些事情都辦完了，再想辦法抽身，說不定得到年底才行。你去告訴找你的人，他們要是等不及了，就讓他們先去，我不紅這個眼。」我說道。

「你放心，他們等得及，絕對等得及。你不去，他們絕對不敢行動的，這個事情我來安排。」二子說道。

我點了點頭，沒再說話，心情卻有些激動，對這趟旅程充滿了期待！

第四十九章

勾魂美女

我和薛寶琴四目相對，只覺得她那雙眼眸秋波似水，
看在眼裏，真的是無比動人，竟然精神一陣恍惚。
就在這時，我的手指劃過腰間的陰魂尺，
一陣清涼的觸覺頓時傳來，我的神志立刻清醒了。

我和二子從山洞脫險後，立刻把姥爺送到了醫院。經過一番搶救，姥爺終於醒過來了。我和二子走進特護病房，看到姥爺半躺在床上，氣色恢復了一些，但還是很虛弱的樣子。

「姥爺，你感覺怎樣了？」我走到床邊，擔心地問道。

「咳咳，沒多大事情，哎，老啦，不中用啦。」姥爺嘆氣道。

我壓下心裏的不安，連忙說道：「姥爺，你別這麼說，其實都是那個病連累的，不然的話，你肯定是最厲害的。」

姥爺欣慰地微笑了一下，說道：「怎麼樣，你們都還好吧？沒出什麼事情吧？」

我就把他昏迷之後發生的事情說了一遍。姥爺有些疑惑地皺了皺眉道：

「趙山居然失蹤了？」

「嗯，我猜想他是不願意跟我和鬍子在一塊兒才走的，不算失蹤。」

「也對，這個事情先擱下吧，你先去見盧爺爺，跟他彙報一下情況。」姥爺說道。

「老人家，您感覺還好吧？」這時，二子也在床邊坐了下來，關心地問道。

「呵呵，沒事，就是有點累，休息兩天就好了。」姥爺聽到二子的聲音很開心。

「那就好，那您老好好休息幾天。我表哥那邊還懸著一顆心呢，我得馬上把您的情況告訴他。」二子說道。

「放心吧，他的事情我心裏記著呢，等我能走動了，就過去幫他掐算一下，實在不行的話，大同過去也是一樣的。他跟我學了這麼些年，也該出師了。」姥爺笑道。

我不由得有些扭捏，心裏躍躍欲試，但是又不敢表露出來，隨口應道：「我還不行，這太難為我了。」

姥爺和二子都很瞭解我，自然沒把我的話當真。

二子送我回到療養院，我就去見盧爺爺。我把防空洞裏發生的事情都詳細地告訴盧爺爺了，他皺眉沉吟了半天，才問道：

「趙山真的失蹤了？」

我仔細地觀察著他的表情，發現他不像是在騙我，又問道：

「趙山一直都沒有回來嗎？」

「沒有回來。」盧爺爺疑惑地看著我，他點了一支菸，說道：「照你這麼說，那裏面現在已經安全了？」

「大致算是沒事了，不過裏面的毒蟲還是很多，進去之前要做好防護工作。」

老頭子聽了我的話，皺眉沉思道：「既然這樣，那我先派人下去試試吧。對了，你接下來是不是就一直待在對面山上的療養院裏？這個事情，我還得好好感謝你們才行，到時候我親自登門致謝，你看行麼？」

「這個倒是不用了，之後我可能不會經常待在這兒，姥爺身體不太好，這次又受傷住院了。您不用謝我，這些事都是我們應該做的，舉手之勞而已，沒什麼大不了的。」

由於我心裏一直牽掛著姥爺，所以沒有在山上逗留太久，就回醫院了。回到醫院之後，卻看到林士學已經來了。

林士學正坐在病床邊跟姥爺說話，見到我進來，不由得眉開眼笑道：

「大同，快過來，讓我看看，哎呀，長高了很多啊。嘿嘿，不錯，大同有出息了。」

我已經很久沒見過林士學了，他的變化很大，明顯富態了，面皮更白淨，頭髮梳得一絲不苟，官腔打得更圓滑了。

「托您的福。」我微微一笑，拿了一個蘋果削了起來。

林士學繼續說道：「沒想到上級這麼快就要把我調走了，其實離我任期結束還有快兩年呢。說實話，我還真有點捨不得咱沭河市，我覺得要是再多給我一點時間，我還能讓這裏再變樣。」

「呵呵，這也是福運到了，擋也擋不住的。」姥爺微微笑道，「海闊憑魚躍，天高任鳥飛。調動上去是好事，不但能積累經驗，也能更進一步，你應該高興才是。」

「您說得對，所以我這才匆匆忙忙地收拾準備。那邊已經給我安排好住處了，不過，我在市郊一個僻靜的地方已經盤下了一棟小樓了。那裏背山面水，環境優雅，前面是玄武湖，後面是紫金山，門前一條大道連著繞湖公路。而且最好的是，有一個大院子，院牆有兩米多高，我準備把靈堂設在那裏。」

「嗯，這樣很妥當，那就這麼辦吧，你什麼時候啟程，我提前去給你起靈堂。」姥爺微笑道。

「事不宜遲，我準備明天一早就出發，今晚就起靈堂裝車。您老能不能費心，現在就跟我去走一趟？」

林士學看姥爺有些遲疑，連忙又道：「我的意思是，你們爺孫倆也跟著車一起去南城。到了那邊，你們也一起住下好了，地方很寬敞。我認識省裏一位專家，到時候請他來給您老人家看病也方便。」

姥爺微微皺眉道：「這太倉促了吧？我和大同是臨時來醫院的，東西也沒收拾，要是今夜就走，比較難辦。」

「這個沒問題的，咱們現在就分頭行動，二子帶著大同回療養院收拾東西，您老和我去起靈堂，然後再會合出發，您看行麼？」林士學有些焦急地說道。

姥爺點了點頭，接著沉吟道：

「士學，有件事情，我得和你說一下。」

「嗯，您說。」林士學見姥爺語氣嚴肅，連忙正色細聽。

「按理呢，你的運氣是沒有這麼快到的，」姥爺微微皺眉道，「但是現在你的運頭明顯加快了，你知道這是為什麼嗎？」

「為，為什麼？」林士學被姥爺問得一怔，接著眼神有些躲閃。

「呵呵，你真的不知道？」姥爺含笑問道，接著轉頭對我說：「大同，幫我相相他的面，仔細看看他的眉心。」

我連忙抬眼仔細看著林士學，發現他氣色非常好，他眉心的那點金光罡氣也比以往更盛了，而且，隱隱約約地還透出一抹淡淡的粉色。

「比以前厲害了，但是有點粉色。」我對姥爺說道。

姥爺點點頭，笑著問林士學道：

「怎麼樣？大同說得沒錯吧，你最近有桃花運了，是麼？」

「這個……」林士學滿臉尷尬，「老人家，這個事情，具體的情況，我想二子都已經和你們說了吧？說實話，我最近一直為這事情煩惱呢，正想找您商量商量。麻煩您老再多費心，幫我把這個事情也一併解決了吧，您看行不？」

「這個事情，三分天命，七分人事，我倒是可以幫你掐算掐算，不過嘛，最後能不能成，關鍵還要看你的表現啊。」姥爺微微嘆了一口氣，又問道：「知道我為什麼要和你說這個事情嗎？」

「不，不太清楚。」

「這是因為你現在的運頭已經互相衝撞了。實話和你說吧，你這次調動，借的是京城那邊的運。所以，你現在身上有兩份運頭，一份是陰福無窮，一份是鴻運當頭。這原本是人間最大的美事，不過也得看這兩份運道合不合。現在你這兩份運道就還沒合到一起，所以，一旦你處置不好，隨時都會化為厄運，到時候，想後悔可就來不及嘍。」

林士學非常緊張，他乾咽了兩口唾沫，這才問道：

「老人家，那您看，這兩份運道要怎麼才能合到一起？」

姥爺微微皺眉道：「陰福那邊，只要你以後還能一如既往地對她，就沒有問題。現在關鍵就是要保證鴻運不排斥陰福。你要是能辦到這一點，事情就穩妥了。」

「我擔心的也正是這個事情呢。」林士學悶悶地抽著菸，「人家是高幹子弟，又出國留過學的，我和她在一起，算是高攀了。我要是再讓人家受這些委屈，我心裏就先過不去了。其實，我現在有個想法。」

林士學小心翼翼地靠近姥爺的身邊，低聲道：「我想要不，乾脆不要這份陰福了，您老看怎麼樣，能不能幫忙辦到？如果可以的話，我給您當乾兒子，養您一輩子。」

「嘿嘿，嘿嘿嘿嘿，哈哈哈哈哈——」

姥爺聽到林士學的話，一開始沒有什麼反應，過了幾秒鐘之後，突然面容扭曲地陰沉大笑起來，接著四肢往上一豎，「嘔——」地咽了一口氣，全身突然迸發出一層層血沫水泡。

見到姥爺的樣子，我急得渾身冒汗，連忙想過去查看姥爺情況，但是我突然看到，此時床上躺著的並不是姥爺，而是一個穿著大紅長裙的女人！那個女人面容鐵青，她微微側臉，冷冷地看著林士學，良久之後，才「哼哼」冷笑起來。

林士學此時也被嚇愣了，他滿臉驚恐的神情，怔怔地看著床上的女人，接著

「撲通」一下，雙膝跪地，滿頭大汗地對著床拜道：

「求求你，饒了我吧，我真的不是有意的。」

「呀哈哈哈——」床上的女人猙獰地大笑著，一伸手抓住林士學的手腕，接著身影變得越來越模糊，最後完全消失了。

這時我再定睛一看，只見姥爺已經被血沫完全覆蓋了，變成了一個血人。

「姥爺，你怎麼了？」我驚急地大喊道。

但是，任憑我怎麼呼喊，姥爺卻一直一點兒反應都沒有。醫生護士都被驚動了，圍著病床搶救，我和林士學都被請出了病房，姥爺的情況才開始慢慢好轉。

「什麼情況？不是還沒到月中嗎？老人家怎麼就提前發病了？」二子拉著我一通盤問。

我一點兒說話的心情都沒有，走到椅子上頹然地坐下，對二子伸手道：「給我一根菸。」二子連忙給我點上一根菸，然後自己也點了一根，陪著我悶頭抽起菸來。

過了好半天，二子才嘆了一口氣道：「你的心情我完全能理解，老人家的情況，我也很擔心。我昨晚給你介紹的那個買賣，主要就是為了這個原因。我是真心不想見到老人家再被這麼折磨下去。」

我冷笑了一下，脫口而出道：「這還不是你表哥幹的好事，要不是他突然提出來要解除陰婚，會惹得那陰神這麼急，把姥爺搞成這個樣子？」

二子不由得一愣，怔怔地看著我，不敢相信地問道：「表哥真的這麼說？」

不待我回答，二子抬頭向對面坐著的林士學看去。此時的林士學，依舊是滿臉驚恐痛苦的神情，他抱著手臂坐著。

「表哥，你是怎麼啦？」二子起身走到林士學面前，冷眼看著他問道。

林士學這才回過神來，瞅瞅過道裏沒什麼人，這才嘆了一口氣，緩緩站起身道：「你們別怪我，說實話，我真心沒想這麼幹，只是覺得如果一直這樣下去，肯定會讓另外一個人一輩子受委屈。我心裏難受，所以就想問問看能不能解除。我也沒說一定要解除，不過是隨口問一句，沒想到就鬧成這個樣子了。」

他說著，捋起了袖子，露出手臂。我抬頭一看，赫然看到他的手臂上有一個紫黑色的手印，才猛然想到剛才那個女人的確是伸手抓了林士學一下，想必就是那個時候留下的。這麼看來，那個女人是不打算放過林士學了。林士學這個陰婚，是解除不了了。

「我不知道怎麼辦，千錯萬錯，都是我的錯，現在只能等老人家醒過來再商量對策了。」林士學點了一根菸，悶頭皺眉抽了起來，很明顯是在思考著什麼。

二子訕訕地回到我身邊坐了下來，悄悄問道：「你不是能看到那些東西嗎？剛才你怎麼沒看到那個女人跟著表哥進去了？」

我怔了一下，下意識地抬頭四顧。看了半天，見沒有異常，我才皺著眉對二子說：「她是陰神級別的，神通廣大，她要是不想讓我看到，我就看不到。」

二子不覺有些失望地說：「看來表哥的美夢要泡湯了，嗨，這還真是應了那句老話了，有得必有失啊。」

我和二子繼續調侃著林士學，林士學卻一直默不作聲地坐著，讓我和二子覺得很沒意思，也不再說了。

過了一會兒，林士學抽完菸，突然站起身，看著我和二子冷笑了一聲，接著轉身向外面走去。

見到林士學這個樣子，二子一怔，有些摸不著頭腦地看了看我，問道：

「表哥是不是生氣了？」

「他要是有心情生氣就好了。」我撇嘴道。

「我還是跟去看一下吧。」二子起身就走，同時對我說道：「你在這兒照看老人家，我馬上就回來。」

我點了點頭，接著也起身沿著樓道走，想要找個地方透口氣。

我不知不覺下了樓，來到了院子裏。院子裏亮著路燈，晚風習習，淒冷寂靜，氣氛有些陰涼。我摸了摸口袋，掏了一陣子之後，才想起自己並沒有帶菸的習慣，於是抬腳向醫院門口的小店走去，想買包菸解解愁。

我正往前走時，突然眼角一動，看到了一個熟悉的身影正快步向側面走去。我發現那是林士學，心裏疑惑，連忙悄悄跟了上去。

林士學只顧著低頭走路，並沒有發現我跟著他。

他一路走著，最後走到一個幾乎完全掩藏在樹林中的電話亭面前，接著打了一個電話：「喂，寶琴，是我，士學。」

我躲在後面聽著林士學打電話。

「你現在在哪裡？嗯，想你了。怎麼樣，過得開心嗎？」

「什麼，你來沭河市了？怎麼也不提前通知我，我好接你去？啥，你要給我個驚喜？嗨，不就是搬個家嘛，這裏是小地方，你來了，我可沒法好好招待你。嗯，好，你說你在哪兒，我馬上就去接你，正好有點事情要和你商量。……」

林士學和電話裏的那個女人聊得很投機，站在電話亭裏面，一陣陣地大笑著，似乎非常開心。

此時的林士學，似乎已經完全忘記了方才病房裏的事情了，一顆心完全都傾注到那個和他打電話的女人身上去了。

我蹲在樹叢後面，冷眼看著他，豎起耳朵聽著，覺得沒什麼意思，準備離開了。可我的眼角又是一暗，赫然看到林士學的背後，竟然站著一個女人。

我只能看到那個女人的輪廓，她一頭長髮，細長高挑身材，一襲曳地長裙在風裏輕輕地飄動。

那女人直愣愣地看著林士學，躲在路燈照不到的陰影之中，一聲也不響，讓人一見禁不住就一陣發毛。

我很想去提醒林士學一下，但是那個女人似乎覺察到了我一般，突然扭頭向我這邊望了一下。

她一扭頭，一張臉在路燈光下露了出來，那是一張慘白俏麗卻毫無表情的面孔。我被她那麼一看之下，突然就感覺全身一滯，動都動不了了。

接著，那個女人嘴角微微勾起，對我冷笑了一下，然後像風吹一般，緩緩飄到了林士學的背後，懸浮在半空，一動不動了。

我真是又驚又急，心裏對林士學大喊著，想叫他不要說出什麼讓他背後那個女人受不了的話來。

「哎呀，我也想死你了，我馬上就來接你，只要你來了，什麼公務都不重要了，哈哈哈，好，親一個，啵！」

讓我感到無奈的是，林士學這個時候偏偏聊得火熱，居然有些忘情地抱著電話親了起來。

見到林士學這個樣子，那女人有些忍耐不住了，緩緩伸出一隻纖瘦細長的手臂，輕輕地握住了林士學手裏的電話，將臉靠了上去，就那麼和林士學面對面，一起對著電話說起了話。

「你說什麼？我這裡有女人的聲音？啥？她叫我老公？她在和你說話？她說什麼？啊，她說你是賤人？說她在前面的橋上等你？啊？你說什麼？啊？什麼？翻，啊，翻車了?!」

林士學渾身打戰，臉色鐵青地掛掉了電話，扭頭滿眼驚恐地四下張望著，卻不知道那個女人此時正趴在他的背上。

女人雙臂抱著林士學的脖頸，低垂著黑色的長髮，趴在他的背上，乍看之下，就好像林士學正在背著她一般。

林士學看了半天，也沒有發現什麼異常，不覺一溜急速的奔跑，一邊對著等在住院大樓下面的小鄭喊道：

「小鄭，快，快到市北的泗水橋，快點！」

衝去。

林士學就這麼「背著」那個女人，坐進了車子裏。車子風馳電掣地向醫院外面

林士學的車子走遠之後，我才恢復了知覺，連忙動了動手腳，扭了扭脖子，下意識地打了個寒噤，接著就轉身準備回去看看姥爺的情況，卻不想一轉身，赫然看到背後居然立著一個黑色的人影。

「哎呦喝！」猛然看到背後站了這麼一個黑乎乎的人影，我下意識地驚叫一聲，向後一跳，定睛一看，這個人卻是二子。

「你幹什麼?!」我怒視著二子問道。

「哈哈哈哈！」二子卻是對我一陣大笑，他眯著眼睛，彎腰看著我問道：

「那你又在幹什麼？為什麼要偷聽我表哥打電話？」

「我是湊巧聽到的，你還當暗哨啊？倒是蠻盡職的嘛。」我撇撇嘴，很不屑地說道。

「嘿嘿，你說對了，我就是當暗哨的，表哥去打電話之前，早就交代我了。本來你過來的時候，我就發現有人跟著了，原想直接把他揪出來的，後來看到是你，我才悄悄躲在你後面，就是想嚇你一跳的。哈哈，這就叫螳螂捕蟬黃雀在後，懂不

懂？」二子得意地說道。

見到這個傢伙沒心沒肺地大聲說笑著，我瞪了他一眼道：

「你還笑得出來，出事了，你知不知道？」

「出什麼事情了？」二子疑惑地看著我。

「出大事了！他京城的那個女朋友大老遠過來看他了，現在在市北的泗水橋那邊翻車了！」

「什麼?!」二子驚叫一聲，嘴裏剛叼上的一根菸掉到了地上。

等二子回過神來，轉身就向自己的汽車跑去。

我皺眉對他喊道：「你去了也沒用！」

「總得去看一下啊，萬一真的出了什麼事情，我表哥要傷心死了。表哥是真心對那個女孩的。」二子滿心焦急地拉開車門。

我的心一軟，不覺也有些同情林士學，於是也想一起去看看情況，但是轉念一想，要是我走了，姥爺身邊就沒人了。於是，我上前拉住了二子，告訴他之所以會出事故的原因。

二子聽了，駭得張大了嘴巴，驚慌地問道：

「這麼說來，我表哥這輩子是不能接觸別的女人了？不然都會被她弄死？這份陰福這麼可怕，不要也罷。」

「現在不是說解除就能解除的。那個女人以前也沒有做過怪，現在是林士學惹怒她了，這也怪不了別人，你不要只護著你表哥。」我冷眼看著二子說道。

「好吧，但是這害死人的事情，總不能一句話就過去了吧？」二子問道。

「你先不要著急。」我皺眉沉思了一會兒才道，「實話告訴你吧，那個女人現在還趴在你表哥的身上，他做什麼事她都看得見。我覺得，現在最關鍵的，是要去阻止林士學見那個女孩。你最好能夠趕在你表哥前頭到那裏，把那個女孩先藏起來，不然的話，一旦他們見面，我估計她就真的死定了。」

「那還耽誤什麼！」二子猛地啟動，車子衝了出去。

我看著二子的車很快開遠了，雖然還是很擔心，卻也知道我做不了什麼了，就回身向住院大樓走去。

我回到手術室時，發現手術室的大門已經打開了。我走進去，醫生和護士還在觀察著姥爺的情況。

姥爺此時正吊著點滴，插著氧氣管，雙眼緊閉，臉色青紫發白。我心裏刀割一般疼，鼻子不由得一酸，拉著姥爺的手流下淚來。

「娃子，別哭了，老人家暫時沒什麼危險，你放心好了。」一位醫生走過來，對我勸道。

我點了點頭，擦了擦眼淚，看著醫生問道：

「姥爺什麼時候能醒過來？」

醫生的臉色有些尷尬，嘆了一口氣道：

「老人家失血過多，昏迷太久了，就算能夠再醒過來，神志也不一定會清醒了。小娃子，你要有個心理準備啊。」

我只覺得當頭被擂了一棍子，愣了半天都沒能說出話來。

過了好半天，我才有些將信將疑地問道：

「你的意思是，姥爺要變成植物人了？」

醫生點點頭道：「雖然老人家的怪病我們還不清楚，但是他現在的身體情況基本就只能這樣了。」

我身子一沉，一屁股坐回到椅子上，怔怔地看著姥爺的臉。

我的臉濕了，或許從現在開始，姥爺再也不會和我說話了。一時間，我不知道自己該去怨恨誰，也不知道該怎麼面對這一切。

我緩緩起身，走出病房，行屍走肉一般地走到樓下，買了一包菸，然後就在路燈下蹲著，悶頭抽了起來。菸味很嗆人，我卻一支接一支地抽著，真想直接抽死過去。我的腦子裏一團混亂，感到很無力。

我還差半年才滿十五歲，可是，從今天開始，我卻再也不能當小孩子了。我必須當一個大人，要去擔起責任，我要接下姥爺的活計。我還要找到幫姥爺解除詛咒的方法。這件事情，誰也幫不了我，一切只能靠我自己。

「吱吱吱——」一聲蛐蛐的叫聲從路邊的花壇裡傳來，打斷了我的思緒。

我站起身，吐出一口煙，伸手緩緩抽出了一直帶在身上的陰魂尺。「陰尺剋人，陽尺剋魂，陰陽雙尺，妙用無窮。」我在心裏默念著口訣，做了一個決定：「無論如何都要把陽魂尺拿起來，不然的話，別說什麼驅鬼辟邪了，恐怕自己都要被邪鬼給驅了。」

我收好陰魂尺，快步回到樓上病房，把裝著那把陽魂尺的盒子繫在身上，然後守在姥爺病床邊。

不知不覺的，我趴在病床邊睡著了，做了一個夢。夢中，我又回到了陽光燦爛的沭河邊柳樹下，回到了無憂無慮自由快樂的童年時光。

突然，我的肩頭被人拍了一下，我驚醒過來，一回身看到二子一身泥水，在喘著粗氣，臉色非常蒼白，似乎還驚魂未定。

「你怎麼了？」

「那個女人嗆了水，昏過去了，我已經把她藏起來了，我表哥在半路上也翻車了，沒能趕過去。」二子拿起水杯，「咕咚咕咚」猛灌了一氣，才問道：「老人家怎樣了？什麼時候能醒過來？這個事情得馬上解決才行，再這樣下去，真要鬧出人命了。」二子還對姥爺滿懷期待。

我轉身向病房外走去，二子怔了怔，跟著我到了走道，疑惑地問道：「什麼情況？」

我心情沉重地說：「剛才醫生說了，姥爺這次估計醒不過來了。」

我的眼角又有些濕潤了，但是我不想在二子面前顯得太軟弱，就吸了一口氣，強自抑制了淚水。

二子直愣愣地看著我，過了好一會兒，聲音哽咽道：「怎麼事情會到這個地步？」

二子低頭揉了揉眼睛，伸手向衣兜裏摸菸，掏出來一看，菸盒已經濕透了，不覺有些生氣地甩手把菸盒摔到地上。

我掏出了自己的菸。我們默默地走到窗邊，抽了一會兒菸，總算平靜了心情。我問道：

「那女的你藏在哪裡了？」

二子說：「我把她送到醫院，找人看著了。現在應該沒事了。」

「嗯，那個女的叫什麼名字來著？你覺得她人怎麼樣？」我問道。

二子微微笑了一下道：

「她叫薛寶琴，不過，她是隨母姓，因為上學時擔心被人認出身分，所以就跟她母親姓了。我跟你說，她長得真的很美。不怕你笑話，我第一眼看到她，也不由得心動，有一種想要保護她的欲望。」

我心裏不覺一動，問道：「你有沒有她的詳細資料，可不可以給我看看，琢磨一下？」

「嗨，你看這個有用嗎？照我說啊，現在最重要的，是想辦法讓老人家清醒過來，這樣我們才能解決以後的事情。」二子有些不耐煩地說。

我知道他這是不相信我的能力，不覺有些憤怒，冷眼看著他說道：

「現在這事我接手了，你就不要再指望麻煩姥爺了。就算姥爺能醒過來，也絕對不能再操勞了。所以，如果你要解決這個問題，就得靠我。我全權接手姥爺的活計，我是他孫子，是他的傳人！」

二子聽到我的話，再一看我的臉色，情知我有些生氣了，不覺訕笑一下道：

「你確定你能搞定？」

「你覺得我搞不定？」我冷眼看著二子，反問他。

「好吧，」二子聽到我的話，擺手笑了一下道：「既然如此，那我就配合你，讓你試試看。」

我跟著二子開著車，一起來到了一處市政辦公大樓外面。

二子停了車，自己跑進大樓裏，沒一會，拿了一張白紙出來，往我手裏一丟道：「看吧，都在這裏了。這是很機密的資料，看完立刻燒掉，要是流傳出去，可是要負責任的。」

「放心吧。」我點點頭，讓他開車，自己就著車燈，翻看了起來。

二子給我的資料，只有簡單的一頁紙，薛寶琴的父親是京城裏響噹噹的大人物，她自己也非常優秀，還曾出洋留過學。我很費解，薛寶琴這麼一個天仙一般的大美人，為什麼會看上林士學？這裏面肯定有什麼門道，要不就是薛寶琴撞邪了，才會喜歡上林士學的！

這時，二子已經開到了市郊的三院，帶我來到頂樓的一間特護病房。病房很寬敞，沒有嗆鼻的消毒水味，茶几上還擺著鮮花，看著就像居家的房間。

兩個負責看護的大嬸看到二子來了，連忙起身道：「哎呀，小夥子，你可來啦，這位小姐醒了之後，一直在念叨著她的救命恩人呢。」

二子揮揮手道：「你們先出去吧，這兒沒你們什麼事情了。」

兩個大嬸出去後，二子有些緊張地喘了一口氣，轉身對我示意了一下，然後堆起笑容走上前去，道：「呵呵，寶琴，感覺好點了沒有？」

病床上的人問道：「是你？士學呢？他怎麼沒來？」

「哦，你不要著急，我表哥趕著去找你，也翻車了，傷得不輕，正在醫院急救呢，暫時來不了了。不過，你放心，只要他一能走動，就會馬上過來看你的。」

二子指了指我，又說道：

「寶琴，他叫方曉，是表哥和我的好朋友，別看他年輕，他可是精通奇術的高人。這次你遇到的這個事情，我覺得不太對頭，所以特地找他來給你看看。」

我聽到二子的話，臉上不覺一陣尷尬，抬眼瞟了薛寶琴一眼，看到她皮膚白皙，略顯纖瘦，下巴尖尖的，眼睛很大，五官精緻。雖然她現在氣色並不好，卻能感覺到她的氣質跟一般人很不一樣，擁有一種中西合璧的風情和氣質，那是一種非常吸引人的味道。

「你好，我是方曉。」我很規矩地自我介紹。

「方曉，你好。」薛寶琴一點兒也沒有輕視我，微微抬手道：「你請坐吧，我正好有一些事情想要找個人問問呢。」

她又看著二子說：「二子，我想和方曉單獨聊聊。」

二子出去後，薛寶琴微微一笑，看著我問道：

「你今年幾歲了？」

「十五歲，我剛出師，有什麼不周到的地方，請您別見笑。」我儘量把話說得圓滑一些。

「哦。」薛寶琴點了點頭，接著微微皺眉道：「你為什麼不敢看我的臉？」她突然問了一個很奇怪的問題。我不覺一愣，連忙抬起頭，看著她的眼睛。

「哈哈哈——」

看到我的樣子，薛寶琴捂著嘴笑了，好半天才停下來，輕輕瞪了我一眼：「小大人，假正經，你以為姐姐我不知道你那點心思？」

「什麼意思？」聽到她的話，我不覺有些疑惑地問道。

「不用遮掩了，中國人就是這麼含蓄，在國外，人家感情都是很直白的，男孩喜歡女孩，就會直接告訴她。咱們就是太虛偽了，哎——」薛寶琴說著話，微張著小嘴，輕嘆了一口氣。

我在心裏琢磨了一下，大概明白了她的意思，不覺含笑道：

「嗯，你說得也是，虛偽確實不好，不過，我從進來到現在，好像也沒說過幾句話，你怎麼就給我下定論了呢？」

「哼，你個小大人，看到好看的女孩子，你會不心動？你不敢看我，就說明你心裏有鬼，你越否認，就越是承認。」薛寶琴很武斷地說道。

我看著她道：「我可不是什麼女人都會喜歡的。」

「那你說實話，你喜歡我不？」薛寶琴滿目含情地和我對望著。

我和薛寶琴四目相對，只覺得她那雙眼眸秋波似水，微微泛光，看在眼裏，真的是無比動人，居然真的有些心猿意馬，精神一陣恍惚。

「我喜歡——」我不自覺地脫口而出。

就在這時，我的手指劃過腰間的陰魂尺，一陣清涼的觸覺頓時傳來，我的神志立刻清醒了。我再次抬頭看向薛寶琴，口中的後半句話變成了：

「我喜歡的人，不是你這樣的。」

「你說什麼？」薛寶琴眉頭一皺，滿臉驚愕，接著有些不甘心地再次看著我說：「你敢不敢再看看我的眼睛？」

我心裏一驚。經過剛才的事情，我才發現她的眼睛有些奇怪，現在再聽她這麼一說，心裏就更能確定了。

為了驗證我的推測，我再次和她對視，果然又再次感到了那種勾魂攝魄的吸引力。

我晃晃腦袋，移開視線，擦揉著眼睛笑道：

「厲害，好厲害的瞳力，我自愧不如。」

薛寶琴的臉色更加震驚了，她仔細打量著我，嘆服地點頭道：

「看來二子找到了一個真正的高人。」

「過獎了，不敢當。」我不由得微微有些得意。

「哼，少來了，你這就真的是虛偽了。你以為我看不出來嗎？」

薛寶琴說著話，抬手微微理了一下耳邊的長髮，接著慵懶地側身用手支著香腮側躺著，美目含情地看著我道：

「到現在為止，還沒有我看不透的人，從你進來到現在，我完全看不透你的深淺。你能夠做到如此氣運不外露，就說明你底蘊深厚，不是我等凡夫俗子，是真正的方外之人。你這樣的人不是高人，是什麼？」

「呵呵，我倒真沒覺得自己有這麼多優點。」我含笑說道。

「好啦，話都說到這個份上了，咱們打開天窗說亮話吧。」薛寶琴用手指慢慢地繞著頭髮，不再看我，隨口問道：「林士學怎樣了？」

「聽二子說他受傷了，但是傷勢應該不是很重。」我答道。

「嗯，那就好，我就說嘛，那傢伙不是短命相，運勢正好著呢。現在既然你來了，我可就要聽聽你的解釋了，你告訴我，今天晚上是怎麼回事？要怎麼破解？以後會怎麼樣？會不會有後遺症？」

第五十章

人鬼爭夫

「你的意思莫非是說，他的陰福，來自那個什麼鬼嫁？
他取過女鬼當老婆？」我點了點頭。
薛寶琴一下變了臉色，她怔怔地坐著，好半天都沒能說出話來，
神情極為複雜，似乎心裏正在劇烈地掙扎著。

「你是指哪一方面？」我猶豫地問道。

「當然是指運勢了。你沒見我和林士學今晚都倒了大楣嗎？我出車禍之前，和林士學通電話時，在電話裏聽到了一個很陰沉的女人的聲音，這是怎麼回事？」

「你真要我說？」

「當然。」薛寶琴點頭道。

「好吧，我可以解釋你心裏所有的疑問，但是，在我說之前，我希望你先把我的疑問解決了。」我滿臉認真地說。

「哈哈，你這話倒是好玩，你不給我解惑，反而詢問起我來了，你要我說什麼？」薛寶琴大方地說。

「第一件事，就是你為什麼要選擇林士學？你不用和我打馬虎眼，我不相信你們是一見鍾情的。既然你也有道行，你應該很清楚我這樣問的原因。因為這是一切癥結的所在，我不問清楚的話，接下來的行動，就無處下手了。一旦出發點錯了，那就滿盤皆錯，我希望你如實給我說清楚，不然的話，我很難幫你。」

我等著她的回答，同時心裏做好了打算，如果她說謊，我立刻轉身就走。

薛寶琴有些尷尬地紅著臉，悠悠地嘆了一口氣道：

「我挑上他，是因為我能夠看透一個人的氣運。我覺得他的運勢很不錯，以後能成大氣候，這個解釋你滿意了嗎？」

薛寶琴說完話，小嘴一撅，轉頭看著床裏面，不看我了，那樣子居然是在和我撒嬌生氣。

我微笑道：「你只說了一半，而且沒說到重點上。」

「你什麼意思？」薛寶琴扭頭皺眉看著我。

「這麼說吧，」我看了看薛寶琴，抬頭背手轉身，一邊踱步，一邊慢慢道：「你要外貌有外貌，要學識有學識，要家世有家世，是要什麼有什麼的人；本身已經是金枝玉葉，高不可攀了，所以，就算林士學運道再好，我覺得你也不會因為這一點就挑選他的。何況，你還留過洋，思想開放，喜歡自由，所以，你就更不可能因為這個原因，把自己一輩子的幸福都犧牲掉。所以，我覺得你剛才的解釋有些牽強，你說的，最多算是一部分原因而已。你說我說的對嗎？」

薛寶琴愣愣地看著我，忽然一笑，點頭道：

「我服了，高人就是高人，那我就把實話都告訴你吧，但是你要向我保證不告訴第三個人，你能做到嗎？」

「可以。」我點頭道。

「好吧，那我告訴你吧。」薛寶琴說：「你說我也有道行，其實，你說錯了，我不是有道行，只是天生有異能。我的能力，就是可以迷惑人心，也就是你說的瞳力。還有一個能力，就是可以看透人的運勢，因此能幫人躲過一些劫難。但是，對於我自己的運勢，我是完全看不到的。」

她嘆了一口氣，臉色凝重道：

「有一天，我看到我父親的運勢，發現他現在雖然鴻運當頭，但是數年之後，卻有一場無法躲過的大難，再也沒有出頭的機會。我唯一能做的，就是給我們家留一條後路。所以，我要選一個運道很好、絕對不會在那場大難中被扳倒的人做後盾。林士學就是這個人，我發現他人不錯，背景又乾淨。我這麼說，你明白了吧？」

我釋然了，點頭道：「你這麼說，我相信了。」

「好啦，我已經說完啦，輪到你了，說說吧，今晚是怎麼回事？」薛寶琴滿眼期待地看著我。

我沉吟道：「你看到林士學的運道很硬很強，這倒是真的。但是，你知道他為什麼會有這個運道嗎？我要提醒你的是，林士學原本根本沒有這麼好的運道，他的底子很薄，祖宗沒有陰福。」

我說完，看著薛寶琴，觀察著她的反應。

果然，薛寶琴再次疑惑地皺起了眉頭，撅著嘴道：

「你說林士學底子薄，祖宗沒陰福，我怎麼覺得他偏偏是陰福無限的呢？難道我看錯了？」

薛寶琴說著話，抬頭看著我，滿臉的不解神情。

「你沒有看錯。」

我和她對望一眼，含笑點頭道：

「林士學確實是陰福無限的，不過，那陰福不是來自他的祖宗的，而是另有原因的。」

我說到這裏，停下了話頭，只是含笑看著薛寶琴，不說話了。

薛寶琴見到我的神色，皺眉想了一下，接著卻是有些將信將疑地抬眼看著我，低聲問道：「你的意思莫非是說，他的陰福，來自那個什麼鬼嫁？他取過女鬼當老婆？」

我直視著她，點了點頭。

薛寶琴一下變了臉色，她怔怔地坐著，好半天都沒能說出話來，神情極為複雜，似乎心裏正在劇烈地掙扎著。

「這個事情，還真是出乎我的意料，我原本以為我已經是一個夠奇怪的人了，沒想到反而遇到一個比我更怪異的，呵呵。」她失笑地看著我。

我問道：「你能接受這個事情嗎？」

「那得看情況，他要是每天晚上抱著女屍睡覺，我還真不太習慣。」薛寶琴訕笑了一下。

我也笑了一下：「你放心，沒有那麼嚴重，一年中，只需要在他們結親的那一天同房一次就行了。其他時間只需要到靈堂上香，並不麻煩的。實話告訴你吧，那個女屍不是一般的陰人，她還是我的師祖呢，生前是有很深的道行的，如今差不多算是地仙了，所以，她的屍身是不會壞掉的，這就是她的陰福所在。也正因為如此，她才會帶給林士學這麼多的好運。我可以告訴你的是，如果你能夠接受這個事情的話，只要履行一些基本的規矩和約定，就可以讓林士學身兼陰福和鴻運，一路平步青雲了。」我瞇眼看著薛寶琴道。

「哦，有什麼規矩和約定，你倒是說說看。」薛寶琴滿眼新奇地看著我問道。

於是我就把她和林士學結婚之後需要注意遵守和履行的一些約定說了，同時順便給她說明了一下苒紅塵的情況。

薛寶琴聽了，倒是沒有多大反應，點點頭道：

「這些倒也沒什麼，反正我和他也是互相利用而已，將就著過就行了。」

她淡淡說著話，神情不覺有些落寞，看得我心裏一疼，不禁脫口說道：「你這麼做，不覺得委屈嗎？」

薛寶琴認真地看了我一眼，笑道：「既然我是為了我的家族做了這個選擇，就只能承擔這個後果了。」

我看著她迷人的眼睛，深吸了幾口氣，才說道：「好了，你就好好休息吧，我看看林士學去，他那邊還有一堆事情要安排呢。」

出了房間之後，我摸了摸額頭，才發現出了一身汗。這個女人實在是太精靈妖媚了，我這才知道，這世上最難對付的，不是鬼怪陰神，而是女人。

「談得怎樣了？」二子連忙上來問道。

「差不多了。這裡我已經搞定了，接下來就看你表哥那邊了，走吧，我們趕緊去看他。」

「哈哈，不錯啊，我原本以為你只對陰人有手段，沒想到你對活人也有一套，嘖嘖，小師父啊，你還真是深不可測，讓我看不出來啊。」二子聽到我的話，滿心讚嘆地對我說道。

我不覺慚愧地訕笑了一下道：「機緣巧合而已，走吧，趕緊出發幹正事去。」

「噢，好。」

二子見我這麼說，也就不再廢話，連忙和我一起出了醫院，坐上車子，一路向著市中心的機關醫院趕去了。

路上，二子跟我說了林士學現在的情況，他雖然傷得不重，可是到醫院之後一直沒能醒過來，也不知道是怎麼回事。我心裏已經猜到了大概，就催促他再開快點。

我們走進急救室，看見林士學依舊昏迷，臉色蒼白，一群醫生正圍著病床忙得沒頭腦。我沒有往前走，微微弓腰，瞇著眼睛去看林士學，果然看到他渾身纏裹著濃重的黑氣，如同陰屍一般，非常恐怖。

我不覺一怔，有些錯愕地站起身，轉身對二子說道：

「這邊解決不了了，咱們去靈堂吧，要和她談談才行。」

二子載著我直奔林士學的老宅子。

「這個事情你等下準備怎麼做？你真的能說服她麼？不會鬧出什麼亂子吧？」

二子一邊開車一邊問道。

我皺眉思索了一番，說道：

「放心吧，不會出亂子的。這種談判的方法，姥爺已經教過我了。不過，我道行太淺，也不知道能不能奏效，可能多試幾次就差不多了。」

「哦，說來給我聽聽，好歹讓我也學點東西。」二子滿心好奇。

「也沒什麼，就是唱大戲。到時你就知道了。」

「跟鬼說話要唱大戲？我等下可要好好看看。」二子有些興奮。

「你儘管站在外面聽，只要不進靈堂都沒事。」

我們下了車，二子拿了一支手電筒，我立在車邊，就著光線抬眼瞥了老宅子一眼，發現宅子上空籠罩著一層濃重的黑霧，極其陰森。我心裏一沉，知道今晚可能不會太順利了，苒紅塵的陰魂真的被惹怒了。

二子雖然看不到陰氣，但是到了這個地方，也有些手腳哆嗦，不像平時那麼利索了。他見我沒往前走，也不敢亂動。

我心裏暗笑一下，這才抬腳向老宅子的大門走去。

「哼，哼——嗯——」

「噹啷——」

「咕咚——」

「嘩啦——」

我們正要開門進去，赫然聽到院子裏傳來一陣摔打東西的聲音，還有女人生氣的哼唧聲。我和二子一驚，對望了一眼，臉色都有些蒼白。

「這院子裏有人住著嗎？」我低聲問二子。

「沒人住啊。就是表哥過來上香時才住上一晚，負責照看靈堂的本家叔伯也是住自己家的。」二子滿臉驚愕地說，兩眼驚恐地大睜著：

「你說這聲音，是不是那個——」

「噓——」我讓他退後一點，然後我咳嗽了一聲，揚起嗓子對著院子裏喊了一聲：「開門嘍——」

這一聲喊出，院子裏的聲音立時就停下了。我連忙示意二子去開門。二子慌忙上去用鑰匙開了門鎖，然後迅速躲到了我的身後，沒敢進去。

我抬腳走進了院子，先是站在門內，抬眼四下看看，發現院子裏一片肅殺，落葉遍地。我扭頭看向靈堂的方向，裏面只亮著一盞微微發黃的長明燈，蠟燭香火早就熄滅了。

我皺了皺眉，走到靈堂門口，向裏面看去，只見靈堂裏一片狼藉，供在靈位前面的水果打翻了一地。桌上的紅燭倒了，香爐也歪了，掉了一地香灰。

見到這個狀況，我心裏一沉，連忙在門口跪了下來，向供桌上的牌位連磕了三個響頭，喊了一聲：

「師祖你莫氣呀，弟子叨擾您老清修，還請見諒，見諒。」

我說完話，靜待了一會兒，見沒有什麼異狀，這才起身走到靈堂裏面，默不作聲地收拾起靈堂來。

我掃乾淨供桌，擺好供品，扶正香爐，點亮紅燭，放正跪墊，這才重新站在牌位前，心裏默默禱念一番，然後在跪墊上跪下去，對著靈牌叩了七個頭。

叩完頭後，我起身向外走去，想找些能用的物什，卻看到二子不知道什麼時候已經進來了，正縮身蹲在牆角，懷裏抱著手電筒，手上夾著菸，窩角鬼一般坐著。

「你坐這兒幹什麼呢？」我皺眉問他。

「我坐這兒正好可以看到你做法，你別管我，忙你的吧。」

我也就不和他多說了，在堂屋裏找到了指頭粗的白蠟燭，然後回到靈堂，在供桌中央反扣一隻瓷碗，把白蠟燭點亮，立到碗底上，才又俯身拜了七拜。我站起身，捏起一疊草紙，一張張抽出，在白蠟燭上點著燒了，開始唱了起來。

「師祖你莫氣呀，世上多是負心漢呀，千年沒一變呀。」

「師祖你莫氣呀，弟子會為你討回公道呀。」

「師祖你顯顯靈呀，要是你能聽見呀，管叫這燭光搖三搖，晃三晃呀——」

「師祖你聽我給您細細道來呀，千年等一回，有緣才會相見呀，他們你情我願，也是緣呀，還希望您能成全呀——」

「師祖你老人家放心呀，他們都已經還願啦，要是真能成了，保準還是一如從前，敬你尊你呀，不讓你受任何委屈呀，女人願意做小呀，會親自來給你點香掃堂，為你端茶送水，伺候你呀——」

「師祖你莫怨呀，人間好風光，多情自流連呀——」

院子裏的落葉被風吹起，不時發出「嚓嚓」的輕響。燭光搖曳，如同一隻會跳舞的精靈，閃動跳躍著。我站在靈堂中，不時感到背後一陣陣冷風吹來，不覺得有些毛毛的。

我每唱一句，就燒一張草紙。這個過程叫做「哭靈」，是農村流傳甚廣的民俗。一般來說，哭靈只是亡者逝去之後，子孫親人跪在靈前哭訴心聲的一種悼念方式。

《青燈鬼話》上記載著，哭靈是與亡魂交流的最佳方式。因此，現在我要和苒紅塵的亡魂進行交流，就要哭靈了，而且是真心實意的，沒有半分虛假。天地明鑒，鬼神誠不可欺。

我還借鑒了姥爺教給我的一樣法事——「鬼吹燈」。

我先前點的那根蠟燭，就是通過這燭火問詢逝者的態度。如果對方完全沒有聽我說話的意思，那這燭火就點不起來。

慶幸的是，燭火一直都沒有滅掉，這讓我增加了不少信心，於是大著膽子放聲哭了起來。

我唱完一遍之後，見那根蠟燭才燃了不到三分之一。為了保險起見，我又從頭唱了起來。

我沒有唱歌的天賦，腔調稚嫩，無法和姥爺相比，只能儘量拉長聲調，把嗓子放開了，非常摯情地唱著。

「哈哈哈，嘿嘿嘿——」

就在我正沉醉在唱腔之中時，靈堂門口突然傳來了一陣冷笑。

我心裏一驚，中斷了唱詞，扭頭一看，赫然看到二子正咧著嘴，瞪大著眼睛，嘴唇鐵青，面容極為猙獰地對我冷笑著。

「痰迷了心竅的糊塗東西，你也跟著他起鬨，看我不大嘴巴子抽你！」二子咬牙切齒地說著狠叨叨的話，竟然一下子跳進了靈堂裏。

我嚇了一跳，向後一縮身，差點跌倒，下意識地伸手就去抽腰間的打鬼棒。

「啪啪——」二子卻跪到靈前，抬手在自己的臉上左右開弓地抽了好幾巴掌。

「你，點這個燈做什麼？」

正在我心裏暗自慶幸的時候，二子一斜眼，滿眼陰冷地看著我說道，接著向前一俯身，伸頭就要去吹那根蠟燭。

「師祖饒命！」我驚得渾身發抖，立刻趴在地上，向二子不停磕頭，連聲道：「弟子方才所言，絕無半分虛假，那個薛寶琴是一個道中人，她願意接受您老。您老要是不信的話，我明日就帶她來見你。弟子只求師祖能夠消氣，不要因為這件事情再生氣了。」

「哼，哼哼，嘿嘿嘿——」二子這才停下了吹燈的動作，緩緩地起身，對我再次意味深長地冷笑了一聲，接著頭一歪，身子一軟，「咕咚」一聲倒在地上，差點撞翻了供桌。

我連忙起身對著靈位禱告，然後把二子拖了出去，又立刻回到靈堂，對著靈位拜了三拜，才恭聲道：

「多謝師祖成全，弟子一定謹遵法旨。」

我說完，小心地取了蠟燭，退到靈堂外面，這才吹熄了蠟燭，然後去查看二子的情況。

「嗯，嗯，啪啪——」二子此時呈大字形躺在地上，睡得香甜，不時吧唧著嘴，我不覺又是好笑又是無奈。我連踢了他好幾腳，他才醒了過來。

「哎喲，怎麼回事，我怎麼睡著了?!」二子一下子從地上跳起來，大呼小叫道。

「別吵，小心叨擾了師祖清修。」我連忙打斷了他。

二子抬眼看見我，這才鎮定了一些，連忙揉揉臉，打了個哈欠：

「娘的，我怎麼睡著了?看來今晚忙了一夜，太累了，哈——」二子又皺皺眉頭，「我的腮幫子怎麼腫了，木木的?」

「那是懲罰你跟著胡鬧，抽你的巴掌，你長點記性吧，心裏放尊重點，不然說不定哪天會要你的小命呢。」我抬腳往大門口走去。

二子驚得打了一個寒戰，連忙跑步追上我，神秘兮兮地低聲問道：「事情搞定了嗎?她同意了沒有?」

「基本搞定了。」

「那接下來怎麼辦?」二子鬆了一口氣。

「去找你表哥，我幫他驅除身上的陰氣，救醒他，然後就按照原來說好的程序辦。」

二子一邊開車，一邊有些疑惑地說：

「這倒是奇了，薛寶琴居然接受這個事情，真讓我沒想到。你說她怎麼就能忍受這麼大的委屈呢？莫不是你給她下了藥，迷了她的魂了不成？」

我心裏一樂，禁不住脫口而出道：「她把我們都迷了魂還差不多，你就別瞎猜了，也別問了，小心再被抽巴掌。」

二子這才閉了嘴。

夜色深沉，白霧蒼茫，秋天的夜格外蒼涼落寞。

我和二子回到了醫院。

在林士學的病房裏，二子把醫生護士都請了出去，對我說道：「好了，你動手吧，我給你護法。」

我瞥了他一眼道：「你又不懂，護個什麼法？」

二子「嘿嘿」笑著，掏出菸點了一根：

「我知道你想把我也趕出去，不過嘛，我不能讓表哥和你單獨待在一起，萬一你對他做了點啥事情，那可就是我的失職了。」

「放屁！」我瞪了他一眼，抽出了打鬼棒，走到林士學床前。

林士學緊皺著眉頭，身上的黑氣依舊非常濃重。我走到他的頭部，一邊低聲念著驅魂咒，一邊緩緩地將打鬼棒點到他的額頭上，驅除那些黑氣。現在林士學身上的黑氣，只是苒紅塵的殘留怨氣，雖然凶煞，卻是沒有陰魂附著的，我念了七遍驅魂咒後，黑氣就被驅除乾淨了。

我緩緩吐了一口氣，收好打鬼棒，對昏昏欲睡的二子說：「叫醫生進來吧，可以叫醒他了。」

二子打了個哈欠：「那你直接叫醒他唄，還叫醫生幹啥？他又不是真的受傷了。」

我點了點頭，走到桌邊，端起一杯冷水，抬手就要向林士學臉上潑去。

「喂，你幹啥？」二子一下子跳了起來。

「叫醒他啊，這是最好的辦法。」我冷笑地看著二子。

二子連忙跑過來，小心地捧走我手裏的水杯，才彎腰對我告饒：「小少爺啊，你就別添亂了，等下表哥又要罵我了。我叫醫生去。」

醫生來後，給林士學停了點滴，又給他按摩了一下，掐了掐人中，林士學就悠悠地醒過來了。他迷惑地看著四周，問道：

「我這是在哪兒？發生什麼事情了？寶琴，寶琴呢？」

我不覺在心裏一嘆，知道他被薛寶琴迷得不輕。

「表哥，你放心吧，你那女朋友沒事。倒是你自己，車翻了，受傷不輕。小鄭也摔暈了，現在還在救治呢。」二子上前扶住了林士學。

林士學這才放下心來，點頭道：「沒事就好。」

接著他掙扎著起身，甩甩胳膊蹬蹬腿，發現身體沒有大礙，這才訕笑道：「我現在感覺像是剛睡醒了一覺。那咱們趕緊去辦正事吧。」

林士學的目光落到我身上，滿臉堆笑地對我說：「小師父，你辛苦了一夜吧？真是不好意思。」

「沒事，雖然忙活了一夜，好歹也有點成效了，事情已經基本解決了。接下來，你只要按照約定去辦，就沒有問題了。」我站起身說道。

「真的麼？」林士學一時還不敢相信，有點摸不著頭腦。二子連忙湊上來，拉著我和林士學往外走，把我今天夜裏的一連串活動都對林士學說明了。

一直到車裏坐下了，林士學才完全明白過來，他雙手握著我的手，滿心感激地對我說：「小師父啊，這個事情，真的是太謝謝你啦。」

我見林士學一臉激動，知道他是真心的，就拍拍他的手，笑道：

「不用謝，這個事情是姥爺應允下來的，現在他老人家不能親力親為了，我接手做完這個事情是應該的。我們平時受了你很多照顧，還沒能謝你呢。」

「唉，老人家這次病情加重，還是因我而起的啊，該死，該死，我這次罪過可大啦，這怎辦啊？」林士學很擔憂。

「表哥，別著急啦，現在事情都已經這樣了，你自責也沒用。你趕緊找專家來給老人家治病吧。」二子提醒道。

林士學連忙轉身對我說：

「是了，小師父，你放心，一到省裏，我立馬就安排名醫給老人家治病。到時候會有辦法的。」

我微微搖頭道：「不用麻煩了，姥爺的病不是一般人能治的。」

「話雖這麼說，我還是要儘量努力想辦法。」林士學並沒有打消給姥爺治病的念頭。

車到了三院，林士學說要單獨上去看薛寶琴。

我皺眉道：「你還是多陪陪她吧，姥爺那邊，早去晚去都不要緊的。你自己也好好休息，明天才好辦事情。我和二子先去姥爺那邊，也先睡個囫圇覺，不然就撐不住了。」

第二天一大早，林士學過來找我們了。林士學讓二子陪著薛寶琴回京城去，一路上要他妥善照顧，二子就和我們告別了。

林士學拉著我的手說：

「小師父，老人家身體不好，車子載著他也不能開太快，你就不用跟著老人家的車子了。」

我明白他的意思，點頭道：「你來安排就行了。」

「嗯，要不你現在就去幫忙起靈堂吧？」林士學哀求地看著我。

我們到老宅子的時候，太陽還沒有升起來，山野裏晨霧濃重，天色很晦暗。我說道：「天氣正好，不過，你要先拜祭一下，說明情況才行。要問一下她今天想不想走，如果她不想走，我們只能改天。」

林士學連忙認真地問道：「那要怎麼問？」

「這個我來安排，你只要祭拜上香就行了。」

我回頭看了看外面停著的大卡車和車上等候著的人，皺眉道：

「還有一些規矩需要注意，你也要囑咐他們才行。車上的帆篷布要換成黑色的，而且不能有縫隙。靈柩上車之後，只能夜裏行走，白天要停在陰暗處才行。等下要是霧氣散了，就不能起靈堂了，要等到天黑以後才行。本來，白天是不能請她出行的。現在趁著晨霧請她出來，是因為她道行深厚，不用避諱這麼一點點光亮。」

我從口袋裏摸出了昨晚沒用完的那半根蠟燭，來到靈堂上，先跪下去向靈位拜了三拜，然後才小心地把蠟燭點起來，向林士學招手道：

「你來問問師祖，看她今天願不願意出行吧。」

林士學連忙走進來，對著靈位跪下去，拜了一下，抬頭剛要說話，卻不想話還沒出口，一陣冷風就把蠟燭吹熄了。林士學愣了一下，側眼看著我。

我對他揮了揮手，讓他出去，我再次跪下來說道：「師祖既然今天不願出行，那弟子先告退了，明日再來拜候。」

我取了蠟燭，走出靈堂。

「這是什麼情況?她今天不想走?」林士學連忙迎上來問道。

「到晚上三更的時候，我再問問吧。現在你先讓外面的人散了吧，晚上再來。」

林士學走到院子中央坐著，一邊抽著菸，一邊有些感嘆地看著四周說：

「終於要走了，這一走，不知道什麼時候才能回來了。」

林士學說完，竟然難以抑制地流下了淚水，接著對著三間堂屋跪拜起來，一邊跪拜一邊哭聲道：

「林家歷代祖宗在上，不肖子孫林士學在此給列祖列宗磕頭明誓，這一去，定要成就一番功名事業，讓我林家發揚光大！」林士學又找來酒灑到地上。

我待他平復了心情，才說道：「我還要回療養院一趟，那邊還有很多東西要收拾，你給我派一輛車子吧。」

車子到山上的時候，山林的霧氣已經散去了，太陽升上樹梢，在林間投下萬把金光利劍，光芒有些刺目。我心裏大概明白剛才苒紅塵師祖拒絕起靈的原因了。

我一路沿著階梯向山上走去，望著四野，心裏不由得湧起陣陣不捨。雖然這裏並不是家，但畢竟我和姥爺在這裏住了七八年，留下了很多美好的記憶。

山頂上一片金光熠熠，幾年前我們剛來時見到的那片黑氣早已無影無蹤了。我心裏一陣欣慰，知道這是因為山體內的陰煞眼位被拔除了的緣故，暗道好歹自己也算做了一件好事。

我回到小院，把我和姥爺要用的東西都收拾好了，就讓司機把箱子扛到車上。

就在我準備離開的時候，兩個小兵老遠就把我喊住了。他們一路跑到我面前，氣喘吁吁地說：

「總算找到你啦，我們來過好幾趟了，都沒碰到你。我們是盧將軍的警衛員，首長請你過去一趟。」

我想以後不會再回這裏來了，於是決定去見盧爺爺一面。

盧爺爺一見到我，激動地滿臉笑容，拉著我的手就往屋裏走。

盧爺爺得知我是來道別的，很是感慨：

「小方，咱們這次分別，我一定要給你一些禮物做紀念。這是我的心意，你可不能不要，不然我可要生氣的啊！」

我開玩笑道：「哈哈，我一定要，有便宜不占是笨蛋。」

盧爺爺哈哈大笑起來，氣氛也輕鬆多了，他站在一張放滿了東西的大桌子面前：「來看看吧，你隨便挑，給我留一兩件就行。」

我微笑著點了點頭，走過去一看，發現這些都是字畫和文房四寶，有數十件，一看就是有年頭的，肯定價值不菲。估計這些就是盧爺爺一輩子的珍藏了。

我拿起了一把由名家題字的扇面，說道：「盧爺爺，那我就拿這把扇子吧。」

「嘿嘿，好，好。」盧爺爺見我不貪不躁，很是高興，拉著我又往外走：「走，陪我喝酒去，你小子要是膽敢喝得比我少，可別怪我生氣！」

「哈哈，您老海量，我哪敢跟你比？」我連忙笑道。

「哈哈，不說啦，走，喝酒去。」

正好陽光不強，再加上山風涼爽，於是飯菜就在訓練場上擺開，官兵一起舉杯，開始吃喝起來。

老將軍今天特別高興，那些小兵們勸酒勸得更加來勁，直鬧得差點沒把天翻過來。我坐在老頭子旁邊，自然少不了被他手下的人輪番「暗算」，這麼一路喝下來，很快就有些暈頭轉向，不知道自己姓什麼了。

當我從酒醉中醒過來的時候，發現自己睡在一個房間裏，門口還有兩個小兵在站崗。我問他們幾點了，他們說是晚上六點了。我鬆了一口氣，還好沒有誤事。

我就慢慢晃蕩著，向山林裏走去，一路走著，心裏不禁有些感傷，想起手裏拿著的扇子上的題字：

「人生若只如初見，何事秋風悲畫扇。」

山林裏涼風習習，吹得我感覺全身舒爽，剩下的一點醉意也消散了。我想最後再去青絲仙瀑布一次，再去摸摸那塊陪了我七八年的大青石，再去嗅一嗅青石上的馨香。

我來到青絲仙瀑布旁邊。一片銀光灑在河谷中，一彎細水流淌，盡頭是白銀一般的瀑布。夜風一吹，瀑布的聲響也跟著起伏。我站在大青石旁邊，看著上面投下的樹影，如同一幅寫意山水圖一般，風移影動。

我閉上眼睛，深吸了一口氣，細心地去捕捉空氣中的氣息，但是嗅了半天，卻只聞到了一點花香，沒能聞到那股熟悉的芬芳氣息。

「看來是這香神不想讓我如願啊。」我傻傻地笑著，感到有些遺憾。

就在我轉身準備離開的當口，眼角一動，我看到了一個人影。那應該是一個女人，身影纖細，一身白色長裙，在我左前方的山石旁邊一晃就消失了。

我心裏很好奇，抽出了打鬼棒握在手裏，抬腳就向那塊山石走去。越靠近那山石，就越感覺空氣裏隱約浮動著一股淡淡的清香。我不覺精神一振，滿心欣喜。這正是我想要尋找的芳香！

我猛然看到山石上面整整齊齊地擺放著幾小紮翠綠色的草葉。我有些疑惑地拿起來一看，和趙山以前給我的那種草葉一模一樣。

我興高采烈地把這些草葉都收進懷裏，但是心裏還是覺得這個事情有些奇怪。因為，這些草葉顯然是有人特意放在這裏的，我連忙朗聲向四周說道：

「不知道是哪位神仙，深夜見賜，大同感激不盡。」

我一連說了好幾遍，卻沒有任何回應。

我想對方應該是不想和我交流，也就不再強求，就鄭重地道了謝。

這時，我發現右前方一株粗大的樹後面，似乎藏著一個人，一抹白色的裙擺露了出來。我猜到就是這個女人送草葉給我的，於是連忙對著裙擺的方向恭聲道：

「多謝您了。」

我的聲音落下之後，那裙擺隨風飄了飄，接著突然一收，消失了。我知道這世上奇異的事情很多，有些時候，也許留有一點懸念才是完美的。我轉身準備離開了。

「小子，等一下。」一個渾厚的男人聲音在我身後響了起來。

我連忙轉身看去，只見一個身材魁梧的人正向我走來。等那個人走近，我看清了他的臉，不覺驚道：

「趙山，你怎麼在這裏？」

「呸，娘的，你還有臉說，老子被鬼藤拖走了，你們也不救我，就自己跑了，氣死老子了！」

我上下打量著他，只見他衣衫襤褸，身上發出陣陣臭氣，一看就是剛從洞裏出來的。我心裏一驚，連忙握住他的手說：

「你不會是到了現在才走出來的吧？」

「是啊，怎麼樣，你內疚了吧？」趙山哈哈大笑著問我。

我點著頭認真地說：「對不起，當時姥爺的傷勢太重了，我們不得已要趕快離開。」

「哈哈哈，你這小子，還真好騙。」趙山大笑著拍拍我的肩膀，問道：「有菸麼？」

「有啊，給你。」我掏出菸盒，塞給他，又問道：「你現在怎麼樣了？我扶你回你們的駐地吧。」

「扶個屁！」趙山瞪了我一眼，點了一根菸，拉著我坐下來，抬頭看著月亮說：「你準備走了？」

「你怎麼知道的？」我好奇地問道。

請續看《我抓鬼的日子》之五 趕屍客棧

兩岸各大文學網站最受關注的懸疑驚悚奇文

你聽過老師、律師、大法師，但什麼是渡靈師？

一種你從沒聽過的新興行業正在掘起！

Exorcist

渡靈師

紅娘子 著

這名頭倒是好聽，好歹是天庭編制，
也算是「人中之神」了。
為了滿足亡魂在凡世間無法達成的遺願，
他只好親自下海，成為獨一無二的渡靈師，
遊走於幽明二界……

什麼是渡靈師？他要渡誰的靈？又要怎麼渡？
打破當下恐怖小說現狀
最撲朔迷離的情節，最詭異莫測的謎局，
最深入骨髓的恐怖，最發自肺腑的爆笑……

我抓鬼的日子 之四 血咒重現

作者：君子無醉
發行人：陳曉林
出版所：風雲時代出版股份有限公司
地址：105台北市民生東路五段178號7樓之3
風雲書網：http://www.eastbooks.com.tw
官方部落格：http://eastbooks.pixnet.net/blog
Facebook：http://www.facebook.com/h7560949
信箱：h7560949@ms15.hinet.net
郵撥帳號：12043291
服務專線：(02)27560949
傳真專線：(02)27653799
執行主編：朱墨菲
美術編輯：許惠芳

法律顧問：永然法律事務所 李永然律師
北辰著作權事務所 蕭雄淋律師

版權授權：蔡雷平
初版日期：2015年1月
初版二刷：2015年1月20日
ISBN：978-986-352-066-5

總 經 銷：成信文化事業股份有限公司
地　　址：新北市新店區中正路四維巷二弄2號4樓
電　　話：(02)2219-2080

行政院新聞局局版台業字第3595號 營利事業統一編號22759935

定價：280元　特價：199元

國家圖書館出版品預行編目資料

我抓鬼的日子／君子無醉 著. -- 初版-- 臺北市：風雲時代，
2014.6 -- 冊；公分

ISBN 978-986-352-066-5（第4冊；平裝）

857.7　　　　103013689